Franziska

Ursula Friedrich

Franziska

Die Deutsche Nationalbibliothek verzeichnet diese Publikation in der Deutschen Nationalbibliografie; detaillierte bibliografische Daten sind im Internet über dnb.d-nb.de abrufbar.

Herstellung und Verlag: Books on Demand GmbH, Norderstedt
ISBN: 978-3-8423-7070-8

Für meine Lieben

Einleitung

Franziska wohnt bei ihren Kindern in Belgien.

Man wird alt, es geht schneller als geahnt! Und dann??

Als ihr Mann starb, waren die vier Kinder längst aus dem Haus, jeder Quadratmeter voller Erinnerungen, schöner, trauriger, auch schmerzender; die vielen Räume, die vielen Schränke, Stühle, Betten, Bücher, Töpfe!

Franziska zog aus, verschenkte einen Teil des Hausrates den Hausrat, die angesammelten Geräte (sie brauchte nun keine Bügelmaschine mehr, nichts mehr zum Sägen und Bohren) einfach an Freunde und Nachbarn. Sie zog fort aus den Bergen ins hügelige Land, begann zu Kegeln, zu Tanzen, zu Würfeln, taute langsam auf. Ihr Sohn kam aus Südamerika - krank, todkrank. Er starb in den neuen Räumen. Ein Kind zu verlieren ist furchtbar! Es bedrückte sie Jahr um Jahr mehr. Sie konnte und wollte auch dort nicht mehr bleiben.

Die magischen „Achtzig" waren überschritten. Franziska dachte langsam daran, eine „Bleibe für den Rest" zu suchen. Vielleicht eine Wohngemeinschaft? Nein, sie war eine Nachteule! Ein Altenheim? Sie dachte an ihre Mutter, wie fühlte die sich dort? Nur der

Gedanke, nein! Und weiter so in eigener Regie? Noch ging es ja ganz gut, aber was dann, wenn …?

Alle ihre Freunde rieten ihr von der neuen Idee „zu den Kindern" ab. „Alte und Junge passen nicht zusammen", „du gibst dich auf!", „und zu den heutigen Enkelkindern??", usw., usw. Aber die Aussicht, gerade mit den Jungen, fand Franziska nicht schlecht.

Vor Jahren schon sprachen die Kinder davon, dass sie ausbauen wollen und dann könnte sie, wenn sie mal alt wäre… Ausgebaut, das war inzwischen längst geschehen. Ein reizendes Nest stand leer! Die Kinder wollten daß sie käme! Briefe hin und her, Abmeldungen, Anmeldungen, Telefonate mit Ämtern, Versicherungen, Abschiedsbesuche, Kopfschütteln bei Freunden, Unverständnis auf der ganzen Linie, alles ließ sie über sich ergehen:

Ja wohl, Franziska zog zu ihrer jüngsten Tochter nach Belgien!

Mitten im Juni, fast noch im Morgengrauen, fuhr sie mit dem Möbelwagen in eine neue Zukunft.

Bei Sonnenschein kamen sie an und wurden schon erwartet: „Bonjour, bonjour Madame." Ei, verdammt, die Sprache, ging ihr plötzlich durch den Kopf. Doch in den Armen der jungen Frau (ihrer Tochter) und den Enkelkindern vergaß sie es schnell wieder. Die Nachbarn umringten sie, der Garten begrüßte sie mit rosa Stockrosen, rosa, rot und weißen Kosmeen.

Ringsum Grün, Weiden und Felder. Ganz allein trat sie über die Terrasse. War der Himmel hier nicht höher über diesem ganz flachen Land? Tränen liefen über ihre Wangen. Komme ich nach Hause? Erinnerungen tauchten auf: Ja, damals vor so vielen Jahren, ebenes Land von Horizont zu Horizont, Stockrosen an den Zäunen, das Land der Kindheit: S c h l e s i e n!

Zum Träumen blieb aber keine Zeit, und wer kannte denn heute noch Schlesien!?

Alle Räume hatten sich inzwischen mit Umzugskisten gefüllt. Gestapelt standen sie da. Kaum ein Weg zum Durchkommen. Sie gab doch so viel weg, warum wurde es denn trotzdem so ein großer Umzug?

Franziska setzte sich zu den Kindern und allen Helfern in die große Küche im vorderen Haus. Essen konnte sie keinen Bissen.

Als die alten Freunde mit dem leeren Wagen abfuhren, winkten sie und riefen „Auf Wiedersehen". Die neuen Nachbarn aber riefen „au revoir". Oh, Madame, hast du dich wieder einmal übernommen? Es wird ihr wohl nichts anderes übrig bleiben, sie muss eine neue Sprache lernen. Schafft sie das mit 85 Jahren? Sie redet doch so gern!

Die neue Familie

Äußerlichkeiten prägten den Alltag, wie aber funktionierte nun diese neue Familie? Franziska schlich am Anfang auf leisen Sohlen, hörte mehr hinein, als sie sprach. Ihr Vorsatz: Ich will ihr Leben nicht stören, auf keinen Fall! Und die, die sie nun aufnahmen, wie dachten ihre Kinder? Es war Sommer, alle hatten Ferien, alle hatten Zeit, die Kinder wenigstens. Und die genossen ihre Franziska, kamen zum Frühstück, redeten viel und gerne (Gott lob sie redeten in ihrer Muttersprache), freuten sich, dass im Garten die Beeren gepflückt und die Beete gegossen wurden, das Unkraut verschwand. Sie verwöhnten den neuen Familien-zuwachs nach Strich und Faden. Das tat Franziska gut, war sie doch jahrelang alleine gewesen. „Hätten wir gewusst wie schön es mit dir ist, hätten wir dich schon längst geholt!" Auch das wärmte ihr Herz! Und die junge Frau? Sie gebot Einhalt, als Franziska sich in die Erziehung des jungen Volkes einmischen wollte. Das sollte auch für immer reichen. Ecken und Kanten schliffen sich so im Laufe der Zeit ab, die neue Familie wuchs in Frieden und Harmonie zusammen.

Franziska war sehr hellhörig und nahm neugierig alles auf, was ihr in dieser neuen, technisch so perfekten Welt täglich begegnete. Sie staunte, wunderte sich, schüttelte manchmal den Kopf, belächelte dies und jenes und machte sich so ihre Gedanken. Viele Jahrzehnte dauerte schon ihr Leben, und die Vergleiche von früher zu heute fand sie sehr, sehr interessant!

I. Im Haus

Na dann mal los!

Ja, nun war sie da, diese unternehmungslustige Franziska. Im Haus, 32 Chemin de Casteau, im Anbau. „Rank und schlank" wollte sie wohnen und sie hoffte auf einige ruhige Jahre. Ihre schweren gepolsterten Sessel, die geschnitzten Stühle, der riesige Tisch, nein das brauchte sie nun nicht mehr. Ein kleines „Sofachen" (und wahrhaftig ein rotes), dazu ein Sessel, der alte runde Tisch, die kleinen Schränkchen passten unter die eine Fensterreihe, ein großes Regal für ihre Bücher an die Wand, fertig der Salon (bisher nannte sie es immer Wohnzimmer). Aber wohin mit den Akten und dem Schreibkram? Die wurden stets vom Hausherrn (ERR) verwaltet. „Ein Büro muss her." Zum Salon kam neu das *bureau*, es ist ein Schreibtisch! Sie fuhren in die Stadt ins nächste Möbel-„*magasin*". Da es jetzt um Franziskas Familie geht, sei sie vorgestellt:

Ihr verstorbener Mann: ERR

Die junge Frau: ihre Tochter

Die Mädchenfrau: ihre ältere Enkeltochter

Zwirni: ihre jüngste Enkeltochter

Die Mädchenfrau war es, die mit ihr auf die Suche nach diesem *bureau* ging. Da standen viele, viel zu viele da, mit Zusätzen (für Computer, erklärte sie). Nein, bitte nur ein ganz einfaches Büro. Sie fanden schließlich eins, rechts mit Schubfächern, links mit einer Tür.

Franziska blieb stehen und überlegte, wie sie das Monstrum jetzt in das kleine Auto hinein bekommen werden, wo sie doch unbedingt noch so einen drehbaren Stuhl dazu wollte. Sie bezahlte, drehte sich nach dem Möbelstück um und verstand die Welt nicht, als sie aus dem Laden raus gingen, das Auto holten und ins Lager fuhren. Viele Pakete lud man in den Kofferraum und den Stuhl auf den hinteren Sitz. "Ich und Zwirni bauen alles zusammen", erfuhr sie auf dem Heimweg. Ach so, kam es ihr in den Sinn, der Schreibtisch liegt in Teilen in diesen Paketen! Gut, daß sie den Mund gehalten hatte. Bis eben glaubte sie, dass man Möbel nur fix und fertig kaufen kann. So war es bisher jedenfalls.

Und dann entstand im Salon doch wahrhaftig ihr *bureau*. Es passte wunderbar in die Arbeitsecke. Mit wahrem Feuereifer räumte sie ihn ein, stellte noch Kalender, Uhr und Wörterbücher darauf. Als sie sich das gelungene Werk von ihrem neuen Stuhl aus anschauen wollte, setzte der sich plötzlich von allein in Bewegung und sie landete unsanft auf dem Boden. „Na so was!" entfuhr es ihr, und sie hatte einige Mühe sich wieder aufzurappeln. So schwungvoll hatte sie sich ihren Einzug in ihr neues *bureau* nicht vorgestellt. Sie drehte sich um. Nein, kein Publikum war Zeuge. Das hätte auch noch gefehlt. Sehr unsanft beförderte sie die neue errungenschaft an Ort und Stelle.

Es geht noch ein bisschen weiter

Nicht nur der Schreibtisch war also neu, auch das „Gestell für den Unterhaltungskram" sollte noch gefunden werden. Wieder war die Mädchenfrau mit ihr unterwegs. O Gott, was gab es da für Modelle! Die Maße standen fest, und es musste ein Eckmöbel sein. Ach ja, gefallen sollte es der Franziska auch noch. Eins kam in Frage von den Maßen und vom Gefallen her. Aber zur Begutachtung brauchten sie Verstärkung. Mit ihrem Handy gab die Mädchenfrau der Mutter Bescheid. Das klappte schnell und diesmal kam das Unterhaltungsgestell so wie es war in das Auto. Nach einigen Wochen funktionierte auch alle Technik, und die eingewanderte Franziska sah und hörte wieder ihre geliebte Musik und sah deutsches Fernsehen. Sie wollte doch nicht ganz von ihrer Heimat getrennt leben.

War nun alles, aber auch alles, fertig, in Ordnung, und konnte sich Franziska zur Ruhe setzen?

Nein … es fehlten noch …

… Die Gardinen

Im Salon, jetzt schon bekannt, gab es vier breite Fenster, zwei Türen, davon eine doppelt.

Es konnte praktisch zwar keiner einsehen, denn rundum war es grün, keine Straße, kein Weg, keine Fenster aus einem Wohnhaus. „Und trotzdem: Wenn es am Abend so rundum dunkel wird …" So unsere Franziska.

Die junge Frau schluckte und schloss die Augen.

„Du meinst Gardinen!"

Natürlich meinte sie G a r d i n e n! Noch nie hatte sie so nackte Fenster gehabt. Arme junge Frau, Tochter dieser Franziska, was hast du dir da aufgeladen!

Sie biss aber in diesen sauren Apfel. Obwohl sie nach den Umzugs- und Einzugsstrapazen gestresst genug war, nahm sie ein Metermaß und einen Zettel, rechnete bei jedem laufenden Meter so und so viel dazu.

Franziska saß mit gerunzelter Stirn auf ihrem Sessel. Vielleicht wäre dies hier wirklich nicht nötig… aber… wenn diese Mutter mal was im Kopf hatte, sie wusste es noch gut von früher!

„68 Meter Stoff brauchten wir".

„Oh!" Das saß! „Na und wenn schon" konterte die alte Dame. Es stand also fest, egal, und wenn es hundert Meter wären, die müssten her.

„Und wer soll sie nähen?" noch einmal die Tochter.

„Wir!" Mit dem Metermaß in der Hand verließ sie den

Salon. Franziska stieg an jenem Abend mit schlechtem Gewissen die zehn Stufen in ihr Himmelreich hinauf und verkroch sich unter ihre Bettdecke.

Möbelgeschäfte gibt es viele in Belgien, Stoffläden nur wenige. Das stellten sie fest als sie loszogen, um den heißesten Wunsch Franziskas in die Tat umzusetzen.

Achtundsechzig Meter: Geblümt? Nein. Gestreift? Nein. Rot, passend zum Sofa? Ach, lieber nicht zu viel rot. Weiß? Nein, es ist keine Arztpraxis …

Sie fuhren in die Nachbarorte, schauten in alle Angebote, weder Farben noch Muster, noch Material fanden sie, und wenn Franziska etwas zusagte, 68 Meter am Stück, das war es eben nicht. Sollte man es nicht doch lassen mit diesen lästigen Gardinen? Hm…

„Aber wenn am Abend die Dunkelheit …“ Eines Samstagnachmittags der erlösende Satz: „Ein Gardinenverkäufer macht Ausverkauf.“ Hoffnung stieg wieder in ihnen auf. Sie standen zehn Minuten vor Öffnung an Ort und Stelle und gingen auch nicht weg, als sie dann noch warten mussten. Ja, was war das hinter den Schaufenstern für eine Offenbarung! Gardinenstoffe vom Boden bis zur Decke, da mussten doch ihre 68 Meter dabei sein!

Und Franziska konnte immer noch keinen zusammenhängenden Satz französisch; doch sie hatte ja diese wunderbare Tochter, die gottlob auch mit dem Nähen vertraut war.

25

Und sie fanden , was sie seit Wochen suchten, in einem warmen Braun, bei dem es gelb durchschimmerte, einem Material, das auch noch Kälte bzw. Sommerhitze abhalten sollte. Hoffentlich. Aber dann die letzte Hürde. „Bitte 68 Meter!" Der nicht mehr ganz junge Mann stieg auf die Leiter und legte einen ganzen Ballen auf den Ladentisch, rollte ihn ab, und es reichte! Zwei Meter schenkte er ihnen noch dazu, sie brauchten auch noch Garn und Gardinenband. Er brachte ihnen alles ins Auto. Zwei zwar gestresste, aber glückliche Frauen fuhren dann nach Hause. Ende der Vorstellung an diesem Wochenende!

Und dann die Zuschneiderei! Während die junge Frau ihrem Beruf nachging, saß Franziska vor dem Ballen auf dem Fußboden, die Schere neben sich und traute sich nicht: 8 Schals für die Fenster, eine Tür von der Decke bis unten und noch eine mit zwei Flügeln. Oh, das war zu viel, viel zu viel für sie.

Und so wartete sie dann auf das nächste Wochenende bei dem die Scheren heiß und die Knie kalt wurden. Nach und nach wurden aus den 70 Metern wirklich Gardinen. Jeden Abend schloss dann Franziska voll Andacht die Dunkelheit aus.

Frühstück (manchmal Mittstück)

Gut, es stimmt: Alle müssen früh aus dem Haus, für alle hat der Anfang des Tages noch die Schläfrigkeit der Nacht in sich, vielleicht auch die Länge der zu erwartenden Arbeitsstunden. Es muss schnell und zügig vonstattengehen. Trödeln ist nicht angesagt.

Franziska hat die große Freiheit gepachtet, sie darf den Vormittag vertändeln. Kein Chef, kein Kind, kein Mann macht ihr Vorhaltungen, sie verfügt über alle diese frühen Stunden, und tut das mit Genuss! Besonders beim Frühstück! Kein Müsli mal eben so, keinen schnellen Schluck Kaffee. Nein, sie deckt den Tisch, liest noch die welken Blätter aus der Vase, bereitet sich Brote mit Butter, Käse oder Wurst, darauf Tomatenscheiben oder Banane, vielleicht sogar Mayonnaise (oder lieber doch nicht!), brüht Tee auf, stellt Honig auf den Tisch, schaltet das Radio ein und entzündet die Kerze. Sie hat sich schon „fertig" gemacht, ein wenig die Lippen nachgezogen, sich im Spiegel für tagetauglich empfunden und freut sich auf ihr Frühstück. Das darf ruhig lange dauern. Sie schaut ab und zu aus dem Fenster mit den Orchideen, beobachtet die Elstern auf der Wiese, die, wie zum Konzert schwarz-weiß gekleidet, wieder einmal streiten. Leise Musik kommt aus dem Radio.

Der Hund macht sich bemerkbar, bislang schlief er bei den Kindern im Haupthaus. Er ist nicht sehr laut und wild, also scheinen die Katzen schon draußen zu sein.

Pastille springt an ihr hoch. „Ja, Pastille, bonjour, ich komme ja schon!"

Warum aber in Klammern, dieses „Mittstück?"

Nun, so sehr früh wird es mit der ersten Mahlzeit nicht immer, meistens geht es schon auf Mittag zu, daher also „Franziskas Mittstück!!"

II. Im Garten

Neue Aufgaben

Da Franziska kein Auto mehr hatte, die restliche Familie auswärts beschäftigt war, alle aber auf dem Lande wohnten, wurde sie „haus treu", das heißt., sie versorgte dir drei Katzen (und später noch den Hund) und besonders den G a r t e n. Er wurde von Jahr zu Jahr mehr ihr vertrauter, treuer und heiß geliebter Freund. Meine „Lehrjahre" nannte sie es, denn viele Fehler gestand sie ein. Demut lernte sie und die Wunder der Natur erfüllten ihr Herz. „Franziskas Bauerngarten" hieß es bald. Wer wusste es aber, dass sie so manches Sonderbare in ihm erlebte?

Vom Jasmin

Viele Menschen lieben den Jasmin, verdrehen verzückt die Augen, wenn sie seinen Duft einatmen oder seine weißen Blütenzweige anschauen. Ja, manche Mütter nennen ihre winzigen Töchter spontan Jasmin, wohl in der Hoffnung, dass sie dereinst ihren Blüten gleichen möge.

Franziska weicht dem Duft aus, macht einen Bogen um den Strauch. Jasmin ist erinnerungsträchtig für sie, schmerzlich. In der rechten Ecke des Gartens der jungen Frau blüht jedes Jahr im Juni ein wunderschöner, hoher Jasminstrauch. Warum kann sich Franziska dem Jubelchor nicht anschließen? Ihre Gedanken gehen weit, sehr weit zurück:

Sie war damals ein Mädchen von vielleicht sieben oder acht Jahren. Christel, eine Klassenkameradin, starb im Frühsommer an Schwindsucht. (Die Schwindsucht holte sie, so wie schon vor Monaten ihre Tante, sagten die Erwachsenen). Franziska mochte Christel, die schmal und blass zwei Bänke vor ihr saß. Nie ging sie in den Pausen auf den Schulhof, weil sie draußen so schrecklich husten musste. Nun lag sie Zuhause „aufgebahrt". Franziska wollte sie noch einmal sehen.

Man ließ sie allein in dem Zimmer, in dem ihre Schulfreundin in einem weißen Sarg wie im Schlafe lag. Sie hatte noch nie einen toten Menschen gesehen.

Aber nicht nur deshalb nahm es ihr fast die Luft. Christel hatte einen Kranz aus Jasminblüten auf ihrem blonden Haar, ein Jasminsträußchen in den gefalteten Händen, und rundum standen in Vasen Jasminzweige. Dieser schwere betäubende Duft war es wohl, den sie eng mit dem Tod verband und der sie fortan begleiten sollte.

Wie im Traum verließ die kleine Franziska den Raum, das Haus, lief den Weg zurück, setzte sich auf einen Stein und weinte untröstlich.

Die junge Frau aber begeistert sich für die weißen Dolden, für sie ist es ein betörender Duft!

In diesem Jahr war der Juni kühl, lange hielt der Strauch in der Ecke seine Blüten zurück. Aber dann, als die Sonne den Garten beglückte, leuchteten seine Blüten, am schönsten in der Dämmerung. Das allerdings musste Franziska, wenn sie aus dem Fenster schaute, sich auch eingestehen. Das Fenster aber blieb geschlossen!

Die Rache der blauen Kartoffel

Franziska und die junge Frau waren sich endlich einig geworden, welche Blumen vor den Fenstern im Sommer blühen sollten. Petunien, bunte, kleinblättrige, stehend und hängend. Sie schoben im Blumencenter ihren Wagen der Kasse zu, da fing Franziska wieder an: „Wir sollten noch nach Saatkartoffeln sehen." Die junge Frau hob die Schultern hoch und atmete hörbar: „In diesem Jahr legen wir keine, im Garten ist die Braunfäule."… Aber ohne Kartoffelfeuer dann im Herbst? Überhaupt, eigene Kartoffeln gehören doch dazu!" Sie quengelte und steuerte stur in die Kartoffelrichtung „pommes de terre", denn sie waren ja im Ausland. Bei den Saatkartoffeln waren schon alle Fächer leer, die Junge grinste: „Ausverkauft! Da hatten wohl viele Gartenfreunde vom Kartoffelfeuer geträumt." Franziska wollte es einfach nicht wahrhaben, sie untersuchte alle Fächer und – sie fand wahrhaftig noch ein Säckchen, wirklich das Allerletzte, brachte es der jungen Frau und zwinkerte listig mit dem linken Auge. Diese sah nach dem Preis, schüttelte energisch den Kopf. „Viel zu teuer, fast 8 Euro, das …" Aber da lag das Säckchen schon im Wagen und Franziska reihte sich vor der Kasse ein. Nach einigen Tagen zog dann die junge Frau Furchen im Garten, betrachtete die sehr kleinen und sehr dunklen Erdäpfelchen und bettete sie in die Gartenerde.

Leider gab es im Herbst kein Kartoffelfeuer, denn die teuren Samen waren schnell gewachsen, kamen klein und dunkel wieder ans Tageslicht. Kopfschüttelnd sah Franziska sich die Ernte an. Was sollte das denn, wo in aller Welt gab es so ein „Kroppzeug"? Und das Wort Kroppzeug ließ sie durch den ganzen Garten schallen. Nichts also mit Kartoffelfeuer!

Von wegen Kroppzeug! Aus Büchern erfuhren sie, dass es edle, sehr edle Früchte waren, die man nicht mal schälen durfte, und die nur in sehr vornehmen Speiselokalen zu sehr teuren Preisen serviert wurden. Bei Franziskas Familie wollte keiner den lilablauen Kartoffelbrei essen. Kurz und gut, die hoch-herrschaftlichen Edelfrüchte wurden verschenkt. ABER - ... Eine der „Edlen", die wirklich aus vornehmem Gute stammten, hatte im Spätsommer die lästerlichen Reden über ihre blaublütige Familie gehört, war tief gekränkt wieder in die Erde verschwunden und sann auf Rache. Der harte Winter konnte der Edlen nichts anhaben. Nein, sie versammelte wohl alle, auch die kleinste Knolle tief im Dunkeln, zählte sie, und in ihrem gekränkten Stolz sandte sie ihnen übermäßige Kräfte zu. (Oh wartet nur, ihr eingebildetes Volk da über der Erde, wir werden es euch zeigen!).

Im nächsten Jahr bestellte Franziska den Garten: Kräuter, Bohnen, Erbsen, Spinat und viele, viele Blumen. Aber was war das? Kartoffeln schoben sich ans Licht, Kartoffeln mit sichtbar blauen, tiefblauen Adern in den Blättern. Und sie hatte keine gesetzt, jedenfalls keine blauen! Jeden Tag kamen neue! Im Spinat, auf den Wegen, in den Tomaten, und sogar mitten in den Blumen.

Franziska zog und zog und wurde ärgerlich. „Zum Donnerwetter, das ist ja wie verhext, vierzig habe ich schon gezählt, jetzt sind sie sogar unter die Himbeeren gekrochen!"

Ganz am Rande des Gartens aber wuchs eine hohe, sehr edle Blauädrige, links und rechts flankiert von zwei Gefährtinnen. Als Franziska die sah, blieb sie staunend stehen: die sahen wirklich außerordentlich vornehm aus. „Verzeiht Majestät", murmelte sie vor sich hin und verneigte sich. „Ich wollte sie nicht beleidigen, damals mit dem ‚Kroppzeug'. Es ergab sich aus Unkenntnis der Sachlage!"

Der Herbst kam, keine von den lila Kartoffeln war mehr zu sehen, aber … wo einmal die Stolze stand, blühte eine übernatürlich große, wunderschöne lila Aster. Franziska nahm es als Friedensangebot und lächelte versöhnlich.

Schätze im Beet

Natürlich hat die junge Frau langjährige Erfahrungen mit dem Garten, natürlich kennt sie die Bodenbeschaffenheit, die Neigung der Gartenfläche, die Unbezwingbarkeit des Zinnkrauts … Aber dass keine Gurken hier gedeihen sollten, das wollte Franziska ihr doch nicht abnehmen. Gurken schmecken doch immer am besten frisch, ganz frisch aus dem Beet. Warum sollten ausgerechnet hier keine gedeihen? Dies glaubte sie einfach nicht. Sie zog die Pflanzen vor, keimte Gurkenkerne an, begoss sie behutsam am Fensterbrett, behütete sie vor zu viel Sonne, lies keine Zugluft daran kommen, kurzum betüdelte sie um und um. Sie suchte ein Beet aus, nicht zu nass und nicht zu trocken. Es wäre doch gelacht, wenn es hier keine Gurken gäbe!

Das Wetter meinte es gut, aus den winzigen Pflänzchen wurden ordentliche Pflanzen. Franziska strahlte, als sich die Ranken streckten und die gelben Blüten kamen. Kein Tag verging ohne Gurkenschau. Die ersten Früchtchen waren rund. Runde Gurken? Das durfte nicht sein. Sie suchte das Tütchen mit den Samen. Gurken waren darauf abgebildet. Also bitte! Aber sie hatte ja auch noch, das musste sie gestehen, Kürbisse vorgekeimt. Sollten die etwa fruchtbarer sein und Gurken hier wirklich nicht gedeihen? Die Wut packte sie und kurz entschlossen steckte sie alle noch im Tütchen befindlichen Gurkensamen einfach so in das Beet. Der Spinat wuchs links und rechts vom Gurkenbeet, Zucchini breiteten sich aus, Trockenheit und Hitze machten die Erde hart. Der Spinat blühte, obwohl die Blätter noch ganz klein waren. Franziska zog dieses Spinatzeug raus, Abfall! Aber oh Wunder, unter diesem Abfall kamen zwei ganz wunderschöne grüne, längliche 20 cm große Gurken zum Vorschein. Franziska schrie: „Das ist ein Fund, wie zu Ostern die Ostereier. Jawohl, auch hier gedeihen richtige Gurken!" Und die Unvorgekeimten, die sie nur so grade in die Erde verbuddelt hatte, brachten dann noch bis in den Herbst hinein das reinste Gurkenfest.

Die Teefabrik

Nein, über diesen Sommer konnte man sich wirklich nicht beklagen, Sonne Tag um Tag. Franziska stand am Eingang des Gartens und atmete tief den Duft der Kräuter und Blumen ein. Alles sonnendurchströmt. Bienen und Hummeln summten. Ein Windhauch und wieder dieser unbeschreibliche Duft!

Schade, dachte sie, das kann man nur im Gedächtnis aufbewahren. Wirklich schade!

Wieso eigentlich? Im Tee, kam es ihr auf einmal, im Tee müsste man es doch festhalten können! Hatte ihr das jemand gesagt? Nein, es war aus dem Augenblick entstanden.

Aber wie jetzt? Alles das, was sie jetzt eben empfand, dann im Winter in einem Krüglein Tee nachempfinden? Sie bückte sich, zu ihren Füssen wuchs Melisse. Also gut: Melisse. Daneben in einem Blumenkasten Pfefferminze. Auch gut. Ringelblumen, Malven. Oh, es wurde bunt in ihrem Körbchen. Es erfasste sie die Begeisterung. Von Beet zu Beet schritt sie, immer bunter und duftiger wurde ihre Sammlung. Sie steckte die Nase in die Fülle des Körbchens. Ja, es roch nach Sommer, nach Sonne! Randvoll hatte sie alles gepflückt, was heilsam und kräftig war. Und wie wird es, wenn es getrocknet ist?

Sie ließ es in der prallen Sonne stehen, setzte sich daneben und wendete immer wieder den zukünftigen Tee, und als es heutrocken war, blieb der herrliche Duft erhalten! Ein schöner bunter Tee! Doch wird es nach dem Aufbrühen auch bleiben? Franziska stellte Wasser auf, tat das Gartenheu in eine Tasse, ließ es 7 Minuten ziehen. Hm, ein Duft zog durch die Küche, dann der erste Schluck, gleich noch ein zweiter hinterher. Ja, sie hatte einen Sommertee gezaubert, duftend und gut schmeckend! Da strahlte Franziska, sie bot in kleinen Tassen der ganzen Familie diesen Tee an und alle teilten ihre Begeisterung: Ein Sommertee aus 12 Gartenpflanzen!

Franziska war es gelungen den Sommer einzufangen! Sie verpackte fünf Körbchen voll Sommer in kleine Teebeutelchen, verschloss sie dann in Blechdosen und nannte diese Tätigkeit: Meine Sommerteefabrik. Sollte der neue Sommer wieder warm und sonnig werden, freuen sich alle auf eine neue Teefabrikation. Aber so sicher ist das in Belgien durchaus nicht!

Ein Kreis schließt sich

ERR war der HERR des Gartens damals, nur ERR. Alle Pflanzen standen ausgerichtet in einer Linie, die Bohnen rankten ordentlich an Leisten empor, Blumen blühten an der Stirnseite und in der Mitte auf einem Rondell. Im Frühling waren es Schneeglöckchen, Primeln und Tulpen, im Sommer Rosen und ein Strauch mit kleinen gelben Sonnenblumen. Und mit diesem Strauch schließt sich jener angekündigte Kreis. Vor zig Jahren, als die jetzige junge Frau noch im Sandkasten spielte, gab es in dem Dorfe, das man allgemein das „Dorf auf der Sonnenterrasse" nannte, während die Berge es sonst umschlossen, auch schon Sommergäste. Keine modernen Touristen, sondern Gäste mit Kindern, die immer in ein und demselben Haus ihre Ferien verbrachte. Vera und ihre Familie gehörten dazu. Vera war und ist noch immer eine Gärtnerin aus Liebe. Sie fand damals die kleinen Sonnenblumen so schön, dass sie sich welche von ERR ausbat und in ihrem Garten anpflanzte. Das geschah wohl vor mehr als vierzig Jahren. Nun kam Vera im vergangenen Sommer Franziska besuchen, und weil sie von der neuen Gartenliebe von Franziska Wind bekommen hatte, brachte sie einen Ableger von diesem Strauch mit. Wird er wohl Wurzeln in der neuen Erde schlagen? Von vielen Augen wurde er wochenlang beobachtet. Ja, und er wuchs - und wie! Von Ende Mai an war er im Garten nicht mehr zu übersehen. Großvaters Ableger wurde über 1,50 m hoch, „und geblüht hat er, geblüht wie verrückt", sagten die Kinder. Wohl hundert kleine gelbe Sonnenblumen schauten über Franziskas Garten. Auch sie war glücklich darüber, denn manchmal sah man, wie sie bei dem Strauch stand, den Kopf hineinsteckte und die Blätter dieser Sommerherrlichkeit streichelte. Bewegten sich nicht auch ihre Lippen dabei? Was mag sie ihm sagen? Vielleicht: „Danke ERR, schön, dass ein Stück von dir jetzt bei uns ist, es macht uns viel Freude!" Über 700 km hin hat sich der Kreis geschlossen.

Vielleicht sehen aus den Blütenköpfen seine Augen. Wenn der Wind weht, schüttelt er dann den Kopf? „Ach Franziska, alles ist ja bei dir ein bisschen schief und krumm. Aber einen Garten zu bestellen hätte ich dir nie zugetraut!" Sie bringt viel Fantasie auf, diese Franziska!

Und donnert über die Schienen

Wenn die Luft oder gar der Wind von Osten oder Nordosten weht, dann hört Franziska die Zuggeräusche: kurz nur, ist es ein Personenzug; lang, sehr lang, wenn ein Güterzug unterwegs ist. Beschäftigt sie sich im Garten, richtet sie sich wohl auf, schließt die Augen und denkt zurück, zwanzig oder dreißig Jahre oder noch länger, denn sie war immer gern mit der Bahn gefahren, ob zu Besuch bei der großen Familie, bei den Freunden, oder auch, um etwas Neues kennen zu lernen.

Als junges Mädchen litt sie schon an Fernweh, stand auf Bahnhöfen herum, nur, um sich von der Geschäftigkeit der Reisenden anstecken zu lassen. Bei Spaziergängen suchte sie sich Wege aus, die an Bahnstrecken lagen. Bei dem Rattern träumte sie von der Ferne. Und später dann, als wieder Frieden im Lande herrschte, reiste sie endlich selber. Zwar immer nur innerhalb Deutschlands, denn die Grenzen geboten einen Halt. Ach, nur einmal darüber hinaus, nur einmal! Dieser Wunsch blieb für lange Zeit unerfüllt. Aber nie wird sie vergessen, dass die Bahnverbindung ihre ganze kleine, junge Familie gerettet hat. Das eine Mal, als sie mit den drei kleinen Kindern auf der Flucht und das Land geteilt war in Ost und West. Sie mussten Berlin erreichen und damit ihre Freiheit. Sie schafften es gerade noch so --- dank dieser Verbindung der Bahn.

In dieser gewonnenen Freiheit gab es keine Grenzen mehr, auch für sie. Wie genussvoll in einem IC zu sitzen, keine Angst mehr zu haben, die Möglichkeit im Rücken, sich alles erfüllen zu können! Noch bevor sie hierher kam, war sie lieber auf der Schiene als auf der Straße unterwegs. Und was hatte sie alles erlebt in Zügen! So vielen Menschen war sie begegnet, lustigen, traurigen und besonders diesen jungen Menschen! Wissen sie eigentlich, wie gut sie es heute haben? Sie, Franziska, könnte auch von Veränderungen berichten, die sie bei den jungen Leuten feststellte. Es gab die Zeit, da stiegen langberöckte Mädchen mit Blumen in den Haaren, eine Wolke von Fröhlichkeit mit sich bringend, Halbstarke, vor denen sie sich in acht nehmen musste. Sie neigten zu Grausamkeiten, einmal auch wurde sie bestohlen, musste ohne Ausweise und Geld ans Ziel kommen. Und jetzt? Nein, eigentlich keine Fröhlichkeit, keine Blumen im Haar, auch keine direkte Grausamkeit mehr. Wenig zerfranste Jeans, saubere Sachlichkeit nannte sie es bei sich. Die jungen Männer und Frauen steigen ein, suchen ihren Platz, holen ihre Computer aus der Aktentasche, schauen nicht nach rechts oder links, zerfurchen ihre Stirn und arbeiten. Arbeiten sie wirklich? Das wollte Franziska einmal wissen. Sie schaute ihrem Vordermann über die

Schulter. Sie lächelte dann. Nein, nicht alle werden also arbeiten, trotz ernster Miene, es gibt auch welche, die mit ihrem Computer spielen.

Ach, sie gönnt es ihnen so von Herzen. Nur vergessen sollten diese Jungen nie: Sie dürfen in einer Zeit leben, in der man ihnen zwar keine Blumen streut, in der sie aber mit Fleiß viel mehr erreichen können, als es ihrer eigenen Generation möglich war.

Franziska wacht aus ihren Träumen auf. Nein, heute reist sie nicht mehr. Ihre Welt ist hier, auf diesem Stückchen Erde. Nicht alles, was sie sehen wollte, durfte sie besuchen. Aber sie trauert diesem Rest nicht nach. Beim Rattern der Züge so ganz in ihrer Nähe erlebt sie diese oder jene Reise noch einmal, oder sie macht sich über diese oder jene Probleme ihre Gedanken. Ihre Tochter steht dann wohl jenseits des Gartenzaunes und beobachtet sie. Ob sie das Rattern der Züge hört? „Jeder Mensch ist ein einsamer Bildträger" sagt Erhard Kästner, und das stimmt.

III. Vierbeinige Hausgenossen

Die Katzen

Drei Katzen waren da, als Franziska ankam. Sie hatte kaum eine Ahnung, wie man mit ihnen umgeht. Viel musste sie lernen, aber eine Katzennärrin wurde sie nie. Da begegneten ihr sehr saubere, stolze aber auch hartnäckige Haustiere. Wenn die neue Hausgenossin sie vorstellen sollte, sähe es wohl so aus: Miss, eine Halbpersianerin dreifarbig mit klugen Augen. Nur selten lässt sie sich streicheln, und sie ist die unangefochtene Herrin – nicht nur der Katzen, sondern des ganzen Hauses. Sie hat alles im Blick, nichts, aber wirklich gar nichts entgeht ihr, beinahe sollte man sagen, sie überwacht das ganze Terrain. Sie ist dabei, wenn jemand ins Auto steigt, sie ist wieder vorhanden, bringt das Auto ihn zurück. Verlässt ein Familienmitglied zu Fuß den Ausgang, fühlt sie sich bemüßigt, ihn ein Stück zu begleiten, wartet dann auf das Ende des Spazierganges und „liefert" ihn im Haus wieder ab. Gehen „ihre Leute" die Nachbarn besuchen, hält sie sich in der Nähe auf. Dauert nach ihrer Meinung der Besuch zu lange, maunzt sie ärgerlich, wartet aber treu auf die Heimkehr und man ist ihrer Begleitung sicher. Einmal kam es sogar vor, dass diese Miss Zwirni höchst ärgerlich und unumstößlich aufforderte, ihre Visite zu beenden. Zwirni gehorchte brav. Franziska war und ist von dieser Katze hingerissen und ab und zu versucht sie es mit Streicheln. Ab und zu allerdings nur, denn auch das hängt von Hoheits Gnaden ab. Es sind ja noch mehr Katzen im Haus.

Und wie sieht das Verhältnis mit den zwei jüngeren Katern aus? Vanille und Baloo müssen sich vor ihr in Acht nehmen, denn denen verpasst sie bei jeder sich bietenden Gelegenheit Hiebe. Ist Miss nicht in Sicht, spielt sich Vanille als "Herr im Hause" auf. Er verlangt, in der Küche zum Beispiel, von dem anwesenden Familienmitglied unbedingten Gehorsam. Verspürt er Hunger, muss sein Napf sofort gefüllt werden. Wenn es nicht geschieht, wirft er alle Näpfe durch die Gegend. Am liebsten verbringt er den Tag im Wohnzimmer und schläft auf seidenen Kissen.

Und nun noch Baloo. Sein Fell schwankt zwischen schwarz und dunkelgrau, seine Augen stehen immer in „Ach, ich armer, armer Kater!" Der miaut auch nicht, nein, der fiept und fiept und scheint aus dem Babyalter nicht herauszukommen. Sofort stürzt das Frauenvolk auf ihn zu, hebt ihn hoch „Ach, Baloolein, was ist denn?" Er schmiegt sich in die Arme, lässt sich streicheln und schnurrt, und eben dieses Frauenvolk lächelt! Er, der Liebeheischende, kommt aber auch zu ganz und gar unmöglichen Zeiten, sei es am Vormittag, am Fernsehabend, ja, sogar mitten in der Nacht um seine Kuscheleinheiten zu verlangen! Da werden

Handarbeiten, Pinsel und Bücher beiseitegeschoben, und er schnurrt wieder. Nein, Franziska schüttelt den Kopf, diese Nummer schiebt sie nicht mehr.

Wie war das doch damals in dem Dorf oben auf den Bergen? Da gab es viele Katzen, sie fingen Mäuse und Ratten, schliefen in Scheunen, höchstens im Winter auf der Ofenbank, ja, dann und wann. Kissen und feines Futter aus bunten Kartons, nein! Wie sich auch hier alles geändert hat!

Halt! Da sieht Franziska Baloo am Zaun. Was will er dort? Jetzt sitzt er auf dem Zaunpfahl und - er springt mitten in ihre Salate. Nein, das geht zu weit! Sie klatscht in die Hände und ruft: „Raus, du Schlawiner!" Das hätte die Mädchenfrau nicht gut geheißen. Nein, die Katzen haben einen Freibrief hier!

Und sie wollen Franziska auch nicht glauben, dass Baloo dumm ist. Doch dafür kann sie sich verbriefen: Sie sah ihm zu, wie er die Vögel im Garten beobachtete, auf den Baum kletterte, um von dort aus die leichten, fröhlichen Dingerchen zu fangen. Nachspringen wollte er ihnen, oder gar fliegen? Jedenfalls fiel er recht unsanft von seinem Ast. Franziska lachte und die Vögel, wenn sie es könnten, sicher auch.

Der Streuner

Eine Zeitlang gab es sogar vier Katzen, nämlich eine Wildkatze ohne Namen. Franziska nannte ihn, denn es stellte sich heraus, dass es auch ein Kater war, den Streuner. Er gehörte niemanden, wohnte nirgends, war krank und ewig hungrig. Die junge Frau fand ihn an einem Morgen unter der Bank in ihrem Vorhof. Barmherzig, wie sie schon immer war, stellte sie ihm Futter hin. Er huschte sofort unter die Büsche, als sie aus der Tür trat. Das Näpfchen mit Futter lockte ihn zurück. Sie rief Franziska. Wie dürr war das Tier und wie verwahrlost! Aus verklebten Augen sah er zu ihnen auf, schlang gierig das Futter und suchte sofort das Weite O, so eine arme Kreatur! Nach ihrem Plan, sollte der Streuner so weit gebracht werden, dass er bei ihnen bleiben konnte. Die Kinder waren nicht einverstanden, drei Katzen reichten. Aber nicht der jungen Frau! Sie hatte schon so manches Findelkind von der Straße mitgebracht. Tag für Tag wurde der Streuner gefüttert, langsam gewöhnte er sich an sie, sie gewann sein Vertrauen, ließ er sich streicheln, bürsten, die Augen auswaschen und zum Tierarzt bringen. „Der wird nicht alt, mit seinen Organen ist auch nicht alles in Ordnung." Sie ließ nicht nach mit ihrer Fürsorge. Streuner sollte nicht sterben! Und so kam er am Ende doch noch in die Küche. Miss, Vanille und Baloo duldeten den Vagabunden, die Kinder schließlich auch. Franziska war stolz auf ihre Tochter. Alles dauerte nur ein paar Wochen - Streuner wurde überfahren. Er hinterließ eine Lücke, man hatte dem Fremdling ein Zuhause gegeben. Nun fehlte er.

Pastille

Nach dem kurzen Urlaub am Meer wurde sie geholt, die kleine Hündin, und ein neues Zeitalter begann! Sie war ein Irrwisch, ein kleiner Teufel, zerfetzte alles, zog alles von Stühlen und Tischen, räumte Körbe, Kartons, Schubladen und Taschen aus. Sie trieb ihr Unwesen sehr laut mit Flaschen, Fetzen, Klammern, ja sogar mit den Handys der Familie. Keine Minute konnte man dieses Hundebaby allein lassen. Es sprang jeden an, auch jeden Besucher. Und immer bellte Pastille wie aufgezogen. Das ganze Haus, auch Franziskas Wohnbereich, glich einem Kramladen. Die alte Dame dachte heimlich schon ans Umziehen. Vier schreckliche Monate dauerte diese Phase, in der nichts mehr sicher war. Dieser Hund schien unerziehbar!

Dann kam doch einmal der Umschwung, er zeigte sich an, als aus der Bellerei und dem Gejaule das Wolfsgeheul wurde. Stundenlang, wenn sie sich allein fühlte. Langsam aber hinterließ sie wenigstens keine Haufen und Pfützen mehr im Hause. Dafür fing sie an, in den Gärten Löcher zu graben. Franziskas Hilferufe „O weh, meine Möhren, meine schönen Blumen", hallten über das ganze Gelände und ging allen auf die Nerven. So zog man denn einen Zaun um ihren Gemüsegarten, und ihr heimlicher Wunsch ging über die Ungezogenheiten des neuen Bewohners in Erfüllung. Das war gut!

Pastille konnte sich überhaupt nicht an ein „Körbchen" gewöhnen. Sie zerlegte einige in ihre Bestandteile, schmiss die Decken mitten ins Zimmer, ließ auch davon nur Fetzen übrig. Das sollte nun der neue Hausgenosse sein? Da waren ja Franziskas Rauhaardackel von einstens die reinsten Lämmchen!

Und trotzdem wurde dann doch noch ein „richtiger Hund" aus ihr.

Franziska und Pastille sitzen jetzt oft auf einer Bank im Garten. Sie krault und streichelt das Hündchen, singt ihm das Lied vom kleinen Hund mit Namen Fips, der vom Onkel einen Schlips bekam, vor, oder sie liegt bei ihr in einem neuen Korb mit einer neuen Decke und träumt vor sich hin.

Klappt aber am späten Nachmittag die Tür im Haupthaus und die junge Frau kommt vom Dienst, dann saust sie nach vorn, ist nicht mehr zu halten. Alle Liebe bringt Pastille ihr entgegen, denn sie ist und bleibt ihre Auserkorene. Ihr Streicheln muss wohl für sie der Hundehimmel auf Erden sein!

IV. Sommer im Land

Hochsommer

Es krachte öfter in diesem August, und in einer Nacht zählte man, so stand es später in der Zeitung, über zweitausend Blitze. Deshalb waren sie gewarnt. Da hieß es wieder einmal „schwere Gewitter, Unwettergefahren". Also blieben Franziska, Zwirni und die Mädchenfrau auf denn Großmutter war bei Gewitter nicht gerne allein, das gab sie ehrlich zu. Der Tag war heiß gewesen, der Wind heftig mit Böen wie Grüße aus Afrika.

Der Abend zeigte sich ruhig, kaum Wolken am Himmel. Die Mädels saßen bei Franziska und stierten durch das Westfenster in Erwartung der schlimmen Dinge. Stundenlang nichts, aber es wurde doch in den Nachrichten vorhergesagt, also musste es stimmen! Endlich! Es blitzt! Wahrhaftig, ein Blitz im Westen, und noch einer am südlichen Himmel. Kommentar: „Wir kriegen zwei Gewitter, und die Wetterfrösche haben recht!" Während die Mädchenfrau überall die Stecker rausriss, setzte sich Zwirni erwartungsvoll auf das kleine Sofa. Drei warteten also gespannt auf das Unwetter. Franziska zog die Vorhänge zu. Sie liebte weder Donner noch Blitz, ganz im Unterschied zu ihrer Tochter, doch die weilte nicht im Haus. Damals freute sich auch „ERR, wenn es draußen hoch herging, denn dann suchte sie bei ihm Schutz und Hilfe, besonders mitten in der Nacht. Aber ERR war seit über zehn Jahren nicht mehr vorhanden, um sie im Schadensfall zu schützen.

Ein Blitz und ein harter Donnerschlag holte sie aus der Vergangenheit zurück, und im gleichen Augenblick öffnete der Himmel alle Schleusen: es goss und goss - drei Minuten lang und dann, dann nichts mehr! Aus - aus, kein Blitz, kein Donner, wie abgeschnitten, auch kein Tropfen mehr. Das „Unwetter" war vorbei. Alle drei lachten aus vollem Hals und gingen zu Bett.

Da hatte doch Ewald aus dem vierten Schuljahr Recht, als er verkündete, er wüsste noch eine Sage, die nicht immer stimmte: Die Wettervorhersage!

Auch im Hochsommer, an einem anderen Wochentag. Als Franziska am späten Vormittag auf den vorderen Hof hinausschaute, schien alles in großer Aufregung und beide Mädchen waren zu Hause. Keine beim Broterwerb. Was war los so mitten in der Woche? Zwirni saß auf den Stufen vor der Haustür, den Hund im Arm und ein Mann stand davor. Ein Mann? „Es könnte ein Wespenstich sein." Ah, der Tierarzt wahrscheinlich. So war es, denn ihre junge Hundedame zierte ein Kopf, rund, wie ein aufgeblasener Luftballon. Mit feuchten Tüchern sollte eine Behandlung einsetzen. Ein Auto fuhr ab, ein anderes kam. Wieder ein Mann. Er ging ins Haus. Das war ihr Hausarzt. Das musste der Mädchenfrau gelten. Nanu, was hatte das zu bedeuten?

Ach ja, gestern Abend krümmte sie sich vor Bauchschmerzen. Eine Magen-Darm-Entzündung? Mal hören. Es stimmte, sie sollte heute einen Schontag einlegen. Und so sah Franziska an diesem Sommertag, an dem die Ringelblumen wie ein Meer von Sternen leuchteten, ihre zwei so sehr geliebten Enkeltöchter: Zwirni saß immer noch auf der Steintreppe und kühlte die dicke Backe des Hundes, die Mädchenfrau aber sah sie im Bauerngarten mit einer Gartenschere. Sie machte sich an den Dahlien zu schaffen. Wie bitte? Ja sie schnitt die welken Blüten ab. Ihre Bewegungen waren frei und locker, so als gäbe es etwas zum Freuen. Ein Jahr schon musste sie sich als Erwachsene beweisen. Ein Jahr ist lang nach der Unbeschwertheit des Studiums. Heute brauchte sie nicht in den Computer starren, heute, an dem Sommertag mit der Sonne auf den Ringelblumen!

Sommer für Franziska

Sehr still an dem Nachmittag. Sie legte das Buch zur Seite. Diese warme, wohlige Stimmung im Garten nahm sie gefangen. Der Himmel, schnell wechselnd dunkle Wolken, wie Wolltücher eine über das andere gebreitet, dazwischen Blicke der Sonne. Dann wieder weiße Schleier, zerfranst, darauf wartend, dass auch sie das Sonnenlicht empfangen werden. Und nun erst der Wind! Stöße mollig warm, Zweige bis zur Erde fegend und jäh nach oben federnd.

Franziska fühlte das Streicheln der Sommerluft, den Kuss der Sonne und dann und wann einen Regentropfen - und sie war glücklich!

Zwischen Himmel und Erde

Nachsommer, September mit blauem Himmel, lauem Wind und einer Stille nach all den wilden, heißen Tagen. Franziska gönnte sich eine lange Weile im Liegestuhl und wurde wieder einmal überwältigt von dem Zauber des Nachmittags. Dachte sie manchmal schon an ein Abschied nehmen, heute, nein heute spürte sie, wie wunderbar doch die Erde war, die Sonnenstrahlen durch den Birnbaum, die gelben reifen Birnen an seinen Zweigen, die sich schwer zum Rasen neigten, die Vögel im Kirschbaum nebenan, und rundum diese Stille, dieses Glänzen der Natur! Franziska wurden die Augen feucht. Sie fühlte sich leicht. Beflügelt schritt sie dann über das Gras, Euphorie erfüllte sie durch und durch. Die Erde war schön! Himmel ja, Jenseits - nein, wenn es nach ihr ging, noch lange nicht! Diese Erde hier und jetzt, wie wunderbar!

Sie gönnte sich drinnen eine Tasse duftenden Tee, eine Scheibe Brot und setzte sich auf ihr kleines Sofa, das Herz noch weit von dem Erlebnis „Erde". Nach und nach, obwohl sie es nicht wahrhaben und in ihren Gefühlen nicht gestört werden wollte, konnte sie nicht umhin, es anzunehmen: Es stank, stank penetrant! Franziska blickte um sich. Vom Fenster kam es nicht, vom Sofa nicht, vom Fußboden? Sie hob ihre Sandalen.

Wahrhaftig, sie war trotz des schwebenden Ganges in einen Sch … Haufen getreten. Diese von ihr so gepriesene und geliebte Erde, die hatte ihr das angetan! Als sie dann am Wasserhahn im Garten stand, war sie erst wütend, lächelte doch bald vor sich hin und schließlich lachte sie lauthals: Die Erde, die ganz normale Erde des Alltags hatte sie wieder!

Sehr kurze Nacht

Sommergrüße mit Fotos von ihrem bunten Garten schrieb Franziska an ihre Freunde. Alle sollten teilnehmen an ihrem Glück. Das gab Chaos auf ihrem Schreibtisch. Sie wollte Ordnung rundum, also räumte sie alles auf! Als die Kinder noch zum „Gute-Nacht-sagen" kamen, war der Schreibtisch noch nicht aufgeräumt. Franzisak machte Nachtschicht. Der kleiner Kater Baloo wutschte durch die Terrassentür herein und sauste an ihr vorbei, die Stiege hinauf, in Franziskas Schlafzimmer. Das mochte und mag die alte Dame gar nicht. Entweder Baloo oder sie! Die junge und die Mädchenfrau legten sich mit dem kleinen Kater an, besiegten ihn und Franziskas Bett war wieder frei. Sie könnte sich ja zur Ruhe legen, aber die Ordnung auf dem Schreibtisch war noch nicht hergestellt. Das Licht brannte in ihrem Schlafzimmer und das Fenster stand in dieser Sommernacht auf - und Franziska fand anstelle von Baloo - Hornissen. 6 Hornissen tummelten sich um die Lampe. Erfahrungen hatte sie - mit einer oder zweien -, aber 6 Stück! Sie erschlug zwei, was die Restlichen vier wild und böse machte. Franziska im Nachthemd und Wut im Bauch schrie um Hilfe. Die junge, schlaftrunkene Frau versuchte ihr Glück. Vergebens. Franziska schlief im Haupthaus. Am nächsten Tag wurde ein „Fachmann" beauftragt, den wilden Haufen zu beseitigen. Im Kampfanzug mit Helm und giftigen Spritzen beendete er das Kapitel. Es wurde sehr teuer.

V. Immer wieder die Liebe

Von der Liebe und dem langen Atem

Da fährt sie heute wieder hin nach der Arbeit, zum Wochenende, die Mädchenfrau. Sie trifft ihren Wookie, der vom Norden her auch schon stundenlang unterwegs ist. Ihre Liebe muss einen langen Atem haben, wenn sie bestehen soll!

Franziska kennt diesen langen Atem vom Kriege her. Es war damals, als es noch keine Handys mit Kurzbotschaften, keine Telefone von Land zu Land gab, als die Kradmelder, also Soldaten auf dem Motorrad die Botschaften von einer Einheit zur anderen bringen mussten. Und bei denen in der Heimat waren es die Briefe, von Hand geschrieben, die Bindungen bewahrten. Jeden Abend saß auch Franziska und erzählte ihren Freunden an der Front, von den Ereignissen des Tages. Selten kamen dann die Feldpostbriefe, schmerzlich erwartet, zurück. Aber sie zeigten doch an, dass sie noch am Leben waren.

Doch auch im Krieg gab es ein Wiedersehen, einen Heimaturlaub. Zeiten, die zu schnell vergingen. Wie bitter waren diese Abschiede!

Franziska wird diesen allerletzten Spaziergang mit ihrem Red nie vergessen, als seine Hände das kleine Brückchen über den sprudelnden Bach umklammerten, die Tränen sein liebes Gesicht benetzten und er voller Verzweiflung rief: "Du weißt nicht, wie furchtbar es an der Front, wie grausam der Krieg ist!" Und er war plötzlich so unendlich weit weg von ihr. Ihre Umarmungen konnten ihn nicht mehr erreichen.

Red kam nicht mehr zurück. Er war Kradmelder. Partisanen hatten einen Draht in Kopfhöhe über die Straße gespannt, damals in Russland,

Nein heute gab es gottlob keinen Krieg bei uns.

„Wir sind glücklich zusammen", eine SMS-Botschaft von der Mädchenfrau.

Hochzeiten sind „hohe Zeiten"

Was muß sie sich jetzt so viele Gedanken machen, die Mädchenfrau! Nicht, dass sie selber heiraten will, nein, ihre Freundin ist daran, diese, ihre hohe Zeit, vorzubereiten und sie ist das, was man früher Brautjungfer nannte. Und sie sollte dazu nun hochzeitlich gekleidet sein. Das scheint in heutiger Zeit, in der Röcke nicht mehr „in" sind, Probleme aufzuwerfen. So sieht es jedenfalls Franziska, und sie ist gespannt, welche Lösung gefunden werden wird.

„Brautjungfer" damals! In Schlesien nannte man sie auch „Kränzeljungfer" und den Partner dazu „Kränzelherr".

So eine Brautjungfer war sie, kaum sechzehn Jahre, spindeldünn und mit langen Zöpfen.

Eine Näherin wurde ins Haus bestellt, nahm Maß an ihr, und nähte Franziska das erste bodenlange Kleid aus rosa Taft mit Rüschen und Röschen um den keuschen Ausschnitt. Die Zöpfe sollten als Kranz um den Kopf gelegt werden. Der große Spiegel im elterlichen Schlafzimmer zeigte ihr ein ganz neues junges Mädchen, und sie war mit dem neuen Bild sehr zufrieden. Ihre Mutter Pauline war es auch, denn bei dieser Gelegenheit sollte ihre „Große" in die Erwachsenenwelt „eingeführt" werden.

Mutter stammte aus einer großen Familie, drei Mädchen und zwei Knaben wuchsen darin auf, und ihr jüngster Bruder, der am längsten studieren durfte, sollte nun endlich heiraten. Das sollte „d i e" Hochzeit werden! Ein Fest mit Brautmesse in der Pfarrkirche, mit vielen, vielen Gästen, großartiger Bewirtung, Musik und Tanz, bei der Franziska und Gottfried, der einzige Bruder der Braut, als Kränzelpaar vorgesehen waren. Bei der Erinnerung fällt ihr ein Spruch aus Schillers Glocke ein: Doch mit des Geschickes Mächten ist kein ewiger Bund zu flechten!" Davon aber erst später mehr. Bleiben wir bei der Hochzeit, zu der dann Franziska mit Vater und Mutter per Eisenbahn fuhren, denn Autos sah man noch nicht auf den gepflasterten Straßen damals! Bei den Brauteltern, sprich Franziskas Großeltern, waren sie einquartiert. Dort warteten schon sehnsüchtig Sophia und Gertrude auf ihre älteste Schwester Pauline. Diese Begrüßung, die Umarmungen und Küsse! Franziska war damals noch sehr scheu und konnte nicht begreifen, wie dann auch später noch im Stockwerk über ihr diese drei verheirateten Frauen mit viel Gelächter ihre Modenschau trieben. Sogar Großmutter schüttelte den Kopf und war froh, als am späten Abend wieder Ruhe einzog und jede in ihr Zuhause verschwand. Franziska lag schon längst auf dem Sofa. Am Schrank hing ihr rosa Festkleid. Sie musste es immer wieder anschauen und an das bevorstehende große Fest denken - und an diesen schwarzhaarigen Gottfried!

Alle schliefen noch im Haus, da klopfte es grob an der Haustür. Großvater lief schnell die Treppe hinunter und kam dann ganz langsam Stiege um Stiege wieder herauf. Die Großmutter rief: „Valentin, was ist?" „Trudi ist tot. Sie ist an einer Bauchhöhlen-schwangerschaft in der Nacht verblutet!" Lange blieb es still. Alle waren im Schock erstarrt.

Und die Hochzeit morgen? Und das Brautpaar morgen? Und - und - und?

Die Hochzeit fand statt, nicht groß, nicht laut, ohne Musik und Tanz.

Franziska in ihrem rosa Kleid saß an Gottfrieds Seite und verliebte sich.

Am Montag warf die junge Ehefrau ihren wunderbaren Brautstrauß in das offene Grab.

Zwei Jahre darauf begann der große Krieg. Gottfried kehrte daraus nicht zurück und Franziskas Vater starb bei an einer Vorkriegsübung.

Im Krieg feierte keiner mehr eine „große" Hochzeit. „Kriegstrauung" hieß es dann. Daran nahm Franziska auch teil bei ihrer Freundin Friederike, als beide Arbeitsmaiden waren.

Ihr geliebter Hannes bekam zehn Tage Heiratsurlaub von der Front und Franziska drei Tage „Zur

Ausgestaltung der Feier". Sie trug keine lange Robe, sondern das blaue Leinenkleid und eine helle Halbschürze. Das musste wohl so sein! Aus Rike machte ihre Mutter eine wunderschöne weiße Braut mit Schleier, und das musste auch so sein!

Rike wohnte in einem kleinen Dorf in Böhmen, und das ganze Volk feierte mit ihr. Es war September und körbeweise brachten sie Blumen aus ihren Gärten. Franziska war in ihrem Element und schmückte den Saal des Gasthofes, die Kirche, die Fenster und Türen des Elternhauses und - - - besonders das Brautgemach! Das mit zarten Gladiolen, den Lieblingsherbstblumen Rikes.

Sie schwelgte so in bunten Blüten und Ideen, daß sie die Zeit vollkommen vergaß. Rike in Kranz und Schleier holte ihre Franziska von einer Leiter herunter, lief Hand in Hand mit ihr in die Hochzeitskutsche und sagte dazu: „Du musst dabei sein, wenn ich Hannes mein Jawort gebe!" So saß sie dann barfuß und im blauen Leinenkleid unter lauter festlichen Leuten in der Kirche.

Sie hatten eine kurze wunderbare Freundschaft, Allein fuhr sie auch wieder zurück, denn Arbeitsmaiden durften nicht verheiratet sein.

Hannes musste nach zehn Tagen wieder an die Front. Er mietete für seine junge Frau und natürlich auch für die Zeit, wenn dieser Krieg einmal vorbei sein sollte, in einem Bauernhaus in Schlesien eine Wohnung. Die Zeit verging, nur der Krieg nicht, aber Franziska leistete in der Nähe ein Bewährungsjahr ab. Mit dem Fahrrad war sie ständig unterwegs und traf zu ihrer großen Freude auf Rike. Sie wollte einen Überraschungsbesuch starten. Es war wieder September, zwei Jahre nach ihrer Hochzeit. Das Bauernhaus war schnell gefunden, die Haustür stand offen, die Wohnungstür auch. Aber es musste Besuch bei ihr sein. Hannes? Nein, Rike saß allein am Küchentisch und redete:"Gut, dass du da bist, kleine Fliege, sonst wäre ich ja ganz allein!" Franziska wurde es eiskalt. Sollte das ihre liebste Freundin sein? Dann rannte sie auf sie zu, nahm sie in den Arm. „Rike, wo ist Hannes?" Die Tränen rannen über ihr Gesicht. „Im Krieg, immer noch im Krieg!"

Die Fliege flog auf. Rike eilte zur Tür und klinkte sie ein.

Ein Jahr nach dem Krieg, am 24.Dezember heiratete Franziska. Keine große, nicht einmal eine kleine, sondern eine sehr kleine Hochzeit hatten sie: Sie, ein in Dresden ausgebombter Flüchtling; er, ein langer, dürrer Kriegsheimkehrer. Sie war eine weiße Braut, von den Schuhen bis zu dem Schleier alles geborgt, aber einen echten Myrtenkranz auf dem schmerzgeplagten Kopf; er im Ausgehanzug seines verstorbenen Großvaters. Kurzum, ein etwas seltsames Paar schloß am Altar vor

Gott den Bund fürs Leben. Sie waren nun ein Ehepaar und durften zusammen in der Wohnung der verstorbenen Großeltern starten, keiner konnte mehr Anstoß daran nehmen. Die Wohnung und auch der Wohnort wurden mehrfach gewechselt, die Partner nicht. Ihr Bund hielt. Vier Kinder zogen sie groß, sechs Enkel schenkten die ihnen.

ERR ruht in kühler Erde, sie, Franziska, ja, sie ist eben, noch vorhanden.   H A L T!

Es ging doch um die Mädchenfrau und ihre Garderobe als Brautjungfer!

Sie kleidete sich in elegante schwarze Hosen und einen bunt gemusterten Kimono. Ihre dunklen Haare zierte eine silberne Spange.

Franziska fand, sie sah bildschön aus!

VI. Verkehrte Welt

Wo ist Mama?

Es war am späten Abend. Franziska schaute in die leichte Dämmerung. Noch gab es die langen Tage, obwohl das Jahr schon den Höhepunkt überschritten hatte. Die Ringelblume in ihrem Garten bildeten gelbe Lichtpunkte, Kapuzinerkresse leuchtete orange, eine Amsel flötete vom Kirschbaum. Die Mädchenfrau steckte ihren Kopf zur offenen Tür herein. „Mutter hier?" „Nein!" Der Hund rannte seit geraumer Zeit um das Haus. „Sie ist nicht da, nirgends, nicht in der Küche, nicht im Wohnzimmer. Wo kann sie nur sein?" Eilig verzog sie sich wieder. Kurze Zeit darauf war es Zwirni, die hereinschaute. „Mutti bei dir?" „Nein." „Mein Gott, wo ist sie bloß? Es ist schon 23 Uhr und keine Spur von ihr." Franziska grinste. Die Kinder suchen ihre Mutter! Zwirni schickte ihre Schwester quer über den Rasen zu den Biobehältern. „Liegt sie dort etwa? Vielleicht hinter dem Zaun?" „Nein. Sollen wir die Polizei anrufen? Der Hund sucht sie auch schon! Gleich ist es finster und unsere Mutter ist nicht da!" Sie versuchten es bei den Nachbarn. Rechts ohne Erfolg, links aber dann endlich, endlich! Ohne Abmeldung war sie bei den Nachbarn gelandet.

Die Mädchenfrau ist 26, Zwirni 23, sie wohnen noch im Elternhaus bei ihrer Mutter, und nun ist diese Mutter, wie gesagt ohne Abmeldung verschwunden, hat sich aus dem Staub gemacht! Ein Drama! „Und wir waren so in Angst!"

Franziska schüttelte sich vor Lachen und dachte an längst vergangene Zeiten, als sie die Wege im Dämmern ablief und ihre Halbwüchsigen nach Hause scheuchte. Aber Mitte Zwanzig waren alle längst ausgeflogen und sangen Wiegenlieder an Kinderbetten.

Nur mal eben so

Es war Sommer, der Garten brachte reichlich Ernte. Das junge Volk der Familie klinkte sich weitgehend von der Gartenarbeit aus, sehr zum Kummer der neuen Gartenchefin. Eines Tages aber der Satz von der Mädchenfrau: „Darf ich die Erbsen auspulen?" ließ Franziska glücklich aufhorchen. Da reißt sich eine um Arbeit!

Sie drückte ihr schnell ein volles Sieb mit Erbsen und eine Schüssel in die Hand, strich ihr über den Kopf, denn ihr Herz wurde warm. Sollte auch dieser junge Mensch auf Umwegen die Liebe zum Garten entdecken? Würde sie die Schönheit und das Maß der Natur an diesen grünen Schoten erahnen? Egal auf welchen Umwegen es geschah, sie, Franziska, lag auf der Lauer. Und ihre Hoffnung stieg, die Erbsen klingelten in der Schüssel.

Da wagte sie es: „Manchmal kommt man ja auf seltsamen Wegen zu einer wunderbaren Erkenntnis, so wie du zu der Liebe zum Garten." „Wieso zum Garten? Der ist mir egal! Ich pule halt gerne!"

Arme Franziska!

Noch eine Erkenntnis

Es ist schon so, eine Erkenntnis bleibt meistens nicht allein!

Die junge Frau kam tief beeindruckt zu Franziska. „Zwirni zeigte mir gestern Abend am späten, sehr späten Abend Bilder, die sie gemalt hat. Sie skizzierte sich selbst. Wunderschön, einfach zu Herzen gehend. Einmal so, wie sie im Alltag steht, die zerfledderte Jeans, ihre rote Haartolle. Dann aber auch sie im Bett, die Katze schlafend dabei. Hier wischte sie sich über die Augen. „So eine Einsamkeit sprach aus dieser Widergabe. Arme, kleine einsame Zwirni!" Und wieder kamen ihr die Tränen, denn ihre jüngste Tochter war in Behandlung. Am nächsten Tag setzte sie sich zu ihr. „Mein armes, kleines einsames Kind, das Bild, das dich da in deinem Zimmer im Bett zeigt, sagt so viel über deine Krankheit und dich aus." „Nee, wieso über mich und die Krankheit? Das bin ich, wenn mir langweilig ist!"

Nur langweilig und nicht einsam?

Mutter und Großmutter sahen sich an. Nicht des Rätsels Lösung? Wirklich nur Langweile?

VII.   Begegnungen in Haus und Garten

Von den „Unaussprechlichen"

Die Mädchenfrau war krank. Sie litt an einer Venenentzündung und durfte zurzeit ihr Zimmer unterm Dach nicht bewohnen. Nun kam der Arzt, sie war plötzlich in einer Notlage. „Franziska…", „Ja, bitte?" „Franziska, könntest du mir …?" „Was denn, Kind?" „Würdest du so freundlich sein und mir…" „Ja was denn? Ich bin sicher so freundlich, also rück raus." „Oh, gleich brauche ich, weil sich Besuch angemeldet hat und ich doch nicht an meinen Schrank komme…" „Ja was denn?" „Könntest du mir… ein Höschen borgen?" „Lange, enge weite?" „Keine solchen", sie zeigte bis zu den Hausschuhen, „sondern Unterhöschen, Slips!" Es war raus. Franziska überlegte kurz, sah im Geiste jene „Slips" auf der Wäscheleine hängen, von denen sie nie wusste, wo oben und unten, oder ob da nicht überhaupt nur so ein Strick war. So ein Hauch von Stoff! Die Mädchenfrau ahnte ihre Gedanken und schüttelte den Kopf. „Nein Franziska, ich bin in Not, du hast ja keine, wie wir sie tragen, ein Unterhöschen von dir, frisch gewaschen, alles andere ist egal!" Ja, nun wusste sie es, ging zum Wäschekorb, suchte unter den zusammengelegten ein weißes heraus. „Das ist das Beste, was ich anzubieten haben schneeweiß, Viskose, bestickt und mit Spitze". Mit Dankeschön und einem entsetzten Blick auf diese Unterhose zog sie ab. Als alles überstanden war, kam sie wieder: „Dreimal oben und auch noch an den Beinen hab ich sie umgeschlagen. Aber trotzdem herzlichen Dank, sie roch so gut nach Sonne und Wind." Dreimal oben und auch noch an den Beinöffnungen! Die haben ja dann überhaupt keinen Halt mehr, sinnierte Franziska.

Und wie sich auch der Umgang mit ihnen gewandelt hat! Es fiel ihr die Begegnung mit den „amtlichen Unaussprechlichen" aus ihren Kindertagen ein.

Ja, so war das: Ihre Schwester Eva und sie kamen aus der Molkerei. In den Ferien holten sie eine große Kanne frischer Milch für die zahlreiche Familie. An dem Tag schien die Sonne, sie trödelten so dahin und mussten auf dem Nachhauseweg am Rathaus vorbei und an der Wohnung des Bürgermeisters. Im Garten hing auf einer straff gespannten Leine Bürgermeisters große Wäsche. Wäsche hing damals überall, aber was sie auf der Leine entdeckten, neben Handtüchern und Bettlaken, immer schön Paar neben Paar … Die „Unaussprechlichen" von „Hochtel" (das war sein Spitzname) und seiner Frau: Er war klein und dünn, sie groß und dick. Sie blieben stehen, fassungslos und Ev murmelte: „Guck dir nur Hochtel seine dürren Hosenbeine und den kleinen Hintern an, und sie oh, oh, diese Schinkenbeutel!" Das rutschte ihr nur so raus, und sie fingen zu lachen an, erst verdrückt, denn schließlich liefen sie noch in der Amtszone, aber als sie um die

Hausecke waren, schüttelten sie sich so, dass die Milch aus der Kanne spritzte, und die Tränen aus den Augen liefen und sie sich lange nicht beruhigen konnten. Zu Hause wollten sie von Hochtels Unterhosen berichten, aber Mutter verbot es ihnen. „Davon spricht man nicht, und schon gar nicht von unserem verehrten Herrn Bürgermeister!" Zu den Unaussprechlichen seiner Frau, trauten sie sich dann nicht mehr.

Franziska schmunzelte noch nach so vielen Jahren. Zwirni sah das, kam vorbei und fragte „Warum lachst du Franziska?" „Kinderkram. Weißt du was Schinkenbeutel sind?"

Digitalis

Ein zauberhafter Sommermorgen. In Franziskas wunderbarem Garten machte sich die junge Frau zu schaffen. Jätete sie? Erntete sie? Nein. Mal sah man ihren Kopf über den Sträuchern, einmal in halber Höhe, mal lag sie fast auf dem Boden. Was tat sie denn in aller Welt? So fragte sich Franziska. Sie wechselte die Brille. Ah, jetzt sah sie es, sie fotografierte! Diese Bilder werden schön werden bei der Morgensonne, bei dem Funkeln des Taus auf Blättern und Blüten!

Am Nachmittag saßen sie zusammen auf ihrem kleinen Sofa, die junge Frau und die alte Franziska. „Willst du die Aufnahmen sehen?" „Die von heute? Sind sie denn schon entwickelt?" „Nein, sie stecken im Apparat." Voller Skepsis sah sie ihre Tochter an. Die drückte auf einen kleinen Knopf. Wie im Film liefen die Bilder ab: Blüten der Dahlien, der Ringelblumen, der Gurken, der Zinnien, Blätter mit Tautropfen, gemeine Unkräuter, in Ausschnitten, in Ganzformaten, wunderbar! Es nahm schier kein Ende. „Wie viel Bilder sind auf diesem Film?" fragte Franziska. „Unendlich viele, 150 oder 200." Da staunte sie. Gestern hatte sie sich im Garten getummelt und auch „geknipst" mit ihrer alten Kamera und hätte gerne noch weiter gemacht, aber es war ein Film mit 24 Bildern Dann spulte er zurück.

„Wie funktioniert das mit dem Apparat?" Die Junge zog eine kleine Karte irgendwo heraus, so 3,5 bis 4 cm groß etwa. „Diese Festplatte…" „Festplatte" nennt sie wirklich dieses winzige Ding, da konnte sie nur den Kopf schütteln. P l a t t e! Wieder so ein technisches Wunder! „Digitalis nennt man diese neuen Apparate!"

Und Franziska erinnerte sich: Sie war wohl 5 oder 6 Jahre alt als sie mit ihrer kleineren Schwester Eva bei der Hochzeit eines Onkels Blumen streute. Danach nahm sie das Brautpaar mit zum Photographen. Es war eine dunkle Kammer. Sie mussten sich aufstellen vor dem Mann, der hinter einem Kasten steckte und sich eine schwarze Decke über den Kopf zog. Er wackelte mit der Hand und rief: „Hallo, seht hierher, hier kommt ein Vögelchen heraus!" Sie sah dort aber keinen Vogel und drehte ihren Kopf nach hinten. Da schoss der Mann hervor, holte einen Eisenständer mit einem vorgeformten Kopfteil, und klemmte sie dort ein. Doch dann und dann … kam immer noch kein Vögelchen!

…

Später besaß der Familienvater einen kleinen eckigen Kasten und fotografierte die Kinder ohne Ständer. Aber still mussten sie schon noch stehen.

Franziska bekam ihren ersten eigenen Apparat so mit 15 Jahren. Sie schickte an die Firma Agfa vier Markstücke, mit der Prägung A G F A. Die Post brachte ihr das Päckchen. Wie stolz fotografierte sie!

Den See, an dem sie damals wohnten, die abgemähten Getreidefelder mit den aufgestellten Puppen, die kleinen Schwestern im Sandkasten. Nichts war mehr sicher vor ihr und ihrer „Kamera".

Jetzt besitzen fast alle eine „Digitale". Franziska nicht. Sie „knipst" noch, braucht Filme und freut sich, wenn sie dann entwickelt sind.

Neue Namen

Natürlich behält man die Namen bei, die von den Eltern ausgesucht wurden. Die gehören zu einem, als wären sie auf der Haut eingeritzt. Sie stehen auch für immer in allen Ausweisen und sonstigen Papieren. Aber im Laufe eines Lebens kommen meist andere dazu. Franziska hieß zum Beispiel für viele Jahre „der Floh", weil Freunde und Kameraden sie als klein und quirlig empfanden. Aus unserem jüngsten Sohn wurde der „Krümel" und aus der nachgeborenen Tochter die „Häsi". Die erwachsenen Kinder nennen die Eltern „die Alten", manchmal eine ganze Belegschaft ihren Chef „der Alte", und keiner ist sicher, ob ihn nicht auch einmal ein „Spitzname" erwischt.

Franziska? Ja, die suchte sich diesen Namen selber aus. Er lag ihr nahe, denn Franziska hieß die Mutter ihrer Mutter, also ihre Großmutter. Gibt es daran etwas auszusetzen? Nein! Für einige könnte es eine Denkpause geben. Also diese Franziska, ist sie es, oder??

„Zwirni" zum Beispiel, auch ein neuer Name für - ja, für ihre jüngste Enkeltochter. „Zwirni" bot sich an weil sie ein dünnes junges Mädchen ist. Sie aber findet diesen neuen Namen überhaupt nicht gut und würde lieber wieder L… heißen. Aber das geht in diesem Rahmen nicht, sie wird Franziskas Zwirni bleiben müssen, so wie es die „Mädchenfrau" und die „junge Frau" auch ertragen. Nur auf dem Papier übrigens.

Einen neuen Namen sollte Franziska, als sie noch junge Mutter war, von ihren Kindern bekommen: Es trug sich so vor etwa 40 Jahren in den großen Ferien zu. Diese Kinder hatten sich seit Tagen in Indianer verwandelt, trugen Hühnerfedern auf dem Kopf, Pfeile in ihren Taschen und Tomahawks über den Schultern. Der Große (auch hier ein Franziska-Name) fungierte, besser regierte als Oberindianer, die anderen waren ihm untertan, auch die Große (wie oben), die Schwester. Diese Horde, die sonst den Wald in der Nachbarschaft zu ihrem Wohnsitz erkoren hatte, und nur zum Essenfassen den Heimathafen ansteuerte, erschien an jenem Sommertag, ohne für sie sichtbaren Grund, in ihrer Küche. „Du sollst in unserem Indianerstamm aufgenommen werden. So beschloss es mein Volk. Wir beraten nun deinen neuen Namen", sagte er, und alle zogen sich zu dieser Beratung in das Kinderzimmer zurück. Immer fällt ihnen etwas Neues ein! Einen neuen Namen, ging es Franziska durch den Kopf. Schön, sie hatte in der „Pflichtlektüre Karl May" von vielen bezaubernden Frauennamen gelesen. Vielleicht „Blaue Blume", wegen ihrer blauen Augen, „Leuchtender Stern", „Weiße Wolke". Mal sehen, welchen sich der Stamm für sie aussuchen wird. Sie schaute in den Spiegel, fuhr sich noch einmal über das blonde Haar. Sie war noch jung und voller Erwartung. Es brummelte ordentlich im Kinderzimmer. Dann war die Beratung zu Ende. Sie schlossen den „Neuzugang" in ihren Kreis ein. Der Häuptling trat vor. Er suchte seine tiefste Stimmlage und verkündete:

„Wir nehmen dich in unserem Stamm auf. Dein neuer Name ist ‚Gute Kuh'!"

Mit lautem Gebrüll umtanzten sie ihr neues Stammmitglied, der Häuptling steckte ihr ein paar Hühnerfedern ins Haar, und fort stob der wilde Haufen.

Franziskas Traum von Sternen und Blumen zerrann. „Gute Kuh". Wie richtig sie das gefunden hatten!

Und dieser Name ist ihr geblieben.

Als sie den Enkeln viel, viel später davon erzählte, amüsierten die sich köstlich. Das waren ihre Mütter und Väter, die Tanten und Onkels gewesen. Franziska sieht sich in ihrer Wohnung um. Diese Enkel, die in eine ganz andere Welt hineinwuchsen, die nicht mehr Indianer spielten, sondern zusahen, wenn andere ihnen etwas vorspielten, die bringen aus übervollen Läden für sie mit: Untersetzer, Tassen, Topflappen, alle „kuhbedruckt". Die gute Kuh ist „in" geworden.

Sind sie auch Kinder der Zeit, scheinen sie doch das gute Herz ihrer Indianervorväter behalten zu haben. So jedenfalls bewies es ihr Zwirni. Sie schenkte ihrer Großmutter eine kleine Kuh aus Keramik. Dieser war aber ein Horn abgebrochen. „Hast du gesehen Kind, dass…" „Ja, das habe ich im Laden wohl gesehen. Der Frau an der Kasse sagte ich das auch. Diese Kuh würde weggeworfen werden, stimmt doch. Das tat mir leid, deshalb nahm ich sie auch mit. Oma versteht das." Und diese kleine Kuh ohne Horn hält heute noch Franziskas Brille auf ihrem Schreibtisch, Sie rettete für Franziska das Image einer Generation, um die sie sich oft so sorgt.

VIII.   Besucher

Wiedersehen

Im Sommer flog die junge Frau zu ihrer Schwester nach Berlin.

An das Wiedersehen mit ihrer Freundin Ilse musste Franziska denken, das nach vierzigjähriger Trennung endlich stattfinden sollte. Bis zum Ende des Krieges studierten sie zusammen, dann riss durch den Bombenangriff auf Dresden die Verbindung ab. Ilse war wie vom Erdboden verschwunden. Ein Zufall spielte Franziska ihre Telefonnummer zu.

Das Schicksal hatte sie nach Amerika verschlagen! Ja, sie wollte kommen, die Ilse, gleich! Zehn Stunden Flug über Meere und Kontinente waren ihr egal.

An einem Sommertag wurde es wahr. Franziska stand aufgeregt und voller Erwartung am Bahnhof der großen Stadt. Ihr jüngster Sohn hatte sie mit seinem Auto hingebracht und erkundigte sich so ganz nebenbei, woran sie sie wohl erkennen wird. So nach vierzig Jahren würden Menschen sich ja wohl verändern! Na klar würde sie ihre Freundin erkennen! Was sollte diese Anspielung!

Er kam aus der Touristik und nervte sie weiter. „Wo soll sie warten, was ist ihre Erkennungszeichen, roter Strohhut auf dem Kopf, Namensschilder am Koffer?" Dieser Sohn machte sie ganz nervös mit seinem Gerede.

Der Zug vom Flughafen wurde angesagt. Sie stürmte auf den Bahnsteig. Ilse kommt! Der Zug leerte sich. Franziska lief kreuz und quer. „Hallo, bist du die Ilse?" Zehnmal hatte sie Frauen ihres Alters gefragt. Nein, wahrhaftig, dieser Sohn sollte Recht behalten. Der Bahnsteig leerte sich nun auch. Sie stand allein - keine Ilse! Oben stand er, der Weltgewandte und grinste: „Na und wie?" Sie wollte nicht zugeben dieses „Sind sie Ilse?" „Vielleicht hat sie diesen Anschluss nicht erreicht, warten wir auf den nächsten." „Ja, auf den Flughäfen können Verschiebungen leicht passieren. Und das mit den Kennzeichen wäre gar nicht so schlecht, meinst du nicht auch?" Freilich, dachte sie, er weiß so etwas, er hat ja auch schon die halbe Welt bereist und auf die Frage, ob er ihr helfen sollte, nickte sie nur mit dem Kopf.

Er stellte sich an die Treppe, alle Reisenden mussten so an ihm vorbei. Sie, Franziska, lief wieder fast bis ans Ende des Bahnsteiges, und wieder probierte sie es mit „Sind sie…" Umsonst! Sie drehte sich um, bei der Treppe dort umarmte ihr Sohn eine nicht mehr ganz junge Dame. Neben ihr stand ein Koffer ganz mit roten Rosen bemalt. Das konnte nur Ilse sein!

Oh, da lief sie nicht mehr, nein sie rannte! „Ilse, ach Ilse!" und bei Beiden flossen die Tränen und schwemmten vierzig Jahre gerade einfach fort.

Es wurden die ersten von vielen wunderschönen Ferien, und als sie die Geräusche eines Flugzeugs über sich hörte, wünschte sie sich von Herzen, dass sie doch noch einmal hier nach Belgien kommen würde. Aber wenn man mit Riesenschritten auf die 90 zugeht, wird vieles fraglich. Oder nicht?

Schöne Zeiten

Natürlich stellte es sich immer wieder ein, dieses „Weißt du noch am Anfang". Das begann damit, dass sie denselben Weg zur Uni hatten und sich im Park begegneten. Erst einmal, als wären sie Spaziergänger, sich im Hörsaal wieder sahen und erkannten, dann den Heimweg gemeinsam und schließlich nicht nur diesen nebeneinander daher rannten. Wirklich rannten, und bald „die Renner" hießen, weil sie auch in dem Tempo in die Stadt trabten und keine Straßenbahn benutzten, nie!

Als sie sich nach 40 Jahren wieder trafen, war Franziska schon langsamer geworden, aber Ilse rannte noch immer, bergauf, bergab, morgens vor dem Frühstück ganz besonders. Zuerst sprang Dackeline Liesel vor Freude hoch, wenn sie die Leine vom Nagel nahm. Doch ein solches Tempo legten sie und ihr Frauchen nicht vor, nein, das lag auch nicht in ihrem Hundesinn, sich so abzuhetzen! Sie verkroch, versteckte sich und verzichtete auf den Marathonlauf mit dem Besuch. Ilse war so dynamisch, dass sie außer den langen Spaziergängen immer noch „Zusatzläufe" brauchte. Nur am Abend, wenn sie den Tag beendeten und die letzten Stunden auf der Aussichtsbank genossen, tanzten sie mitunter in das Dorf zurück. Ob sie sich jetzt noch an den Vollmond erinnerte, der sie mit magischer Kraft fast von dem Felsen in das Tal herunterzog? Da kamen sie auch tanzend vor der Haustür an.

„Ach", seufzte Franziska, „ach, heute brauchte der eine Renner einen Stock" und sie hinkte ab und zu auch mit dem rechten Bein. Aber damals, ja damals, als noch keiner ans Altwerden dachte, da waren sie flink und konnten rennen, rennen, rennen! Und rannten am Ende doch ins Alter hinein! Wehmütig, Franziska? Sie schüttelt den Kopf, und dann kommt es sehr leise von ihr: „manchmal schon, so ein bisschen!"

Schussel und Baldrian

Mal wieder Besuch bei Franziska. Eine Freundin, aus der ganz großen Siedlung, der Hauptstadt. Sie kam nicht nur, nein, sie „flog ein". Jahre davor nahm sie den Zug, und als ihr Mann noch lebte, waren sie in einem kleinen Auto da. Das ist alles schon lange, lange her! Vor wohl so zehn Jahren besuchte Franziska sie in der betriebsamen lauten Stadt. Seitdem dann und wann ein Telefongespräch. Inzwischen zog Franziska auch dreimal um, fort von dem Ort, in dem sie im Winter mit ihren Langlaufskiern immer um den Apfelbaum kurvten. Alles weg und hin. Von Angesicht zu Angesicht waren es also zehn Jahre. Wie wird das jetzt gehen?, fragten sich beide.

Klar, sie in der großen Stadt, sie musste zehn Jahre lang rennen oder fahren, alles liegt so weit auseinander, und von Natur aus war sie schon immer etwas fahrig, so wurde sie für Franziska zum Schussel, und sie sah die Freundin auf dem Lande als ihren Baldrian an.

Zehn Jahre! Das sind im fortgeschrittenen Alter Zeiten mit äußerlichen und auch innerlichen Veränderungen: Haare grau bis weiß. Falten? Klar Falten! Brille, auch soweit normal, „Wie bitte hä?" alles versteht man nicht auf Anhieb. So standen sie sich gegenüber, eben ein Schussel und ein Baldrian. Dann beim Erzählen begannen sie mit „Äußerlichkeiten": Baldrians Garten zeigte sich knallbunt, Schussel liebt es klassisch, grün/weiß. Beide brauchen einen Zaun, eine wegen der 3 Katzen und des Hundes - die andere um die Wildschweine am Stadtrand abzuhalten. Bei der einen wird Gemüse gezüchtet, bei der anderen herrschen Rasen und Landschaften vor. So weit waren sie, nur um erst einmal einen Einstieg zu bekommen. Themen von außerhalb! Sie tasteten sich an. O je, dachte Franziska, deckte den Tisch und ihre „Schweinevesper" trug zur Lockerung bei, und wieder ein Stückchen voran: Brot, Kuchen, Wurst, Käse, Kaffee, Tee und Suppe, alles serviert zwischen Mittag und Abendbrot. Dabei langten sie bei den Zeiten an, als man noch in Röcken ging, Dummheiten veranstaltete und so herrlich albern war. Konnte man denn das noch sein? Lachen über Kleinigkeiten? Jetzt auch noch, nachdem einen das Leben so durchgerüttelt hatte?

Zwei Tage brauchten sie, die beiden alten Freundinnen, bis sie da eintauchen konnten, wo sie mal so leicht und locker durchs Leben tanzten. Dann schafften sie es. Die Enkeltöchter schüttelten verwundert die Köpfe. Sie fanden schon längst nichts mehr zum Lachen in dieser Welt hier. Lachen, nur weil man sich Milch oder Kaffee auf die Hose geschüttet oder etwas Witziges in der Zeitung entdeckt hat? Nein, diese alten Damen da! Sie kicherten sich halb tot, weil die eine aus dem Bett gefallen war! Ach, die Woche war einfach ein

Eintauchen in die Vergangenheit. „Ich fühle mich schon ganz erholt", meinte Schussel und blieb mit Baldrian bis weit nach Mitternacht ohne Flimmerkiste sitzen. Und Baldrian wiederum ließ sich die Funktion des Hörgerätes erklären, weil sie sicher auch bald so etwas brauchte. Sie lernte neue Rezepte aus Indien und Arabien kennen. Gar zu gerne hockten sie beide aber bei dem jungen Volk, nahmen Einladungen zu Grillpartys an und freuten sich an dem Glück des Liebespaares, die beiden Alten.

Was heißt hier Alten?? Jeans und T-Shirts, bunte Schals dazu, sahen so Omis aus? Fotos von anno dazumal schlugen sie auf, Franziskas Großmütter! Wenn die das sähen! In diesen Hosen, die früher nur die Arbeiter trugen, in diesen Hemden, keine gebügelten Blusen, keine Unterröcke unter den Faltenkleidern. Und dann auch noch angemalte Lippen! Sündig und verdammenswert und überhaupt nicht damenhaft! Ein überbordendes Lachen begleitete Ihre Feststellungen.

„Viele Köche verderben den Brei." So oder ähnlich wird sicher die junge Frau ihren Töchtern das Essen beschrieben haben, zu dem sie von den beiden Hausfrauen geladen war. „Blumenkohl modern" stand auf dem Speisezettel. Das Rezept kam aus der Hauptstadt und sollte etwas Besonderes sein, so meinte Schussel jedenfalls. Warum es ein Reinfall wurde, konnten Beide hinterher nicht sagen. Aber es war so: Trocken, fade, wenn nicht gar entsetzlich oder gar uneinnehmbar? Sie hatten sich doch gemüht, und die Küche zeugte auch davon: Sie sah einfach unmöglich aus! Hatten sie zu viel geredet, gelacht, nicht aufgepasst? Sie konnten es sich nicht erklären. Aber es gab jedenfalls zum Kichern noch lange Anlass, wenn eine die andere fragte: „Hast du schon wieder einmal Blumenkohl gekocht?" Doch als Schusselchen Abschied nahm und die junge Frau sie zum Flughafen brachte, tat es Beiden Leid, dass die Zeit so schnell vergangen war. Und vielleicht, so dachte Franziska, hatte sie sich doch nicht richtig erholt, denn sie fand im Bad noch einen „Hörhelfer", also ein so kleines, so teures Gerät. Ihre Freundin wird sicher wieder fürchterlich schusseln, wenn sie nur auf einem Ohr hört!

Hab mein Wagen …

Schwester „Rosa-Socke" war zu Besuch gekommen. Sie und Franziska sangen gern zusammen. Socke oben, Franziska untern. Es klang nicht schlecht. Und sie hatten ein Repertoire! Stundenlang fast ohne Unterbrechung ging das, sie brauchten kein Gesangbuch, alles frei weg aus dem Kopf mit allen Versen, gelernt, war gelernt.

Das ging schon damals so, als alle vier Schwestern noch im Elternhaus waren und „den Spül machten", während ihre Mutter ihr Mittagsschläfchen hielt. In den Häusern rundum hörte man sie gern (und sie machten ja auch immer die Fenster weit auf!).

Und heute? Eben heute, da hat man zum Spülen eine Maschine, für musikalische Untermalung sorgen das Radio, die Kassetten, aus dem Fernseher klingt es auch, Stöpsel im Ohre bei Jungen und Alten sorgen weiterhin noch für Musik, meist gesungene (Franziska durfte mal ein Ohr voll probieren). Aus keiner jungen Kehle, über die getönten Lippen, erklingen Lieder.

Nicht so bei Franziska und Socke! Das geht über Frühlings-, Wander-, Ernte-, Herbst- und Liebeslieder bis zu Chorälen. Jahrelang, als sie noch bei Winnie im Auto saßen, im Wohnmobil durch Schlesien fuhren, da kamen noch die vielen Heimatlieder dazu. Winnie störte es nicht, er ließ es geduldig über sich ergehen.

„Wärmfläschchen", Franziskas andere Schwester, sang auch beim letzten Urlaub mit ihr. Sie wünschte sich mehr innige Lieder, auch so richtig fromme, Maienmarienlieder, denn sie war im Mai in Belgien, und sie stimmte besonders in der Dämmerung gern etwas Inniges an. Bei beiden Schwestern sang Franziska mit, ganz klar, wenn auch ihre Stimme nicht mehr so klangvoll ertönte. Würde sie jetzt noch im Kirchenchor gebraucht, könnte man sie gut bei den Tenören einsetzen. Halt, noch etwas Singerei aus der noch gar nicht so lange vergangenen Zeit und auch auf Autowanderschaften: Drei Freundinnen waren sie und erkundeten die südlichen Gegenden und fühlten sich so wohl dabei, dass sie einfach singen mussten.. Nur gut, dass Franziska alle Strophen kannte. Sie half so aus: z.B.:

„Werft ab alle Sorgen und Qual vallera"
(Franziska ganz schnell) und wandert mit uns aus dem Tal vallera.

     Wer sollte aber singen,
      wenn wir schon Grillen fingen,… usw.
Und so wird es hoffentlich noch lange bei den drei Autowanderern in Erinnerung bleiben!

Und noch einmal heute: Singen denn die Mädchenfrau und Zwirni nicht? Ganz selten laut. Sie summen zu den Ohrgeräuschen und Franziska hörte von ihnen

Kinderlieder, die sie von Kindersendungen aus „grauer Vorzeit" behalten haben.

Wie steht es mit ihrer Tochter, der jungen Frau?

Die mag Musik aus Afrika mit so ein bisschen Mitsingen und auch ein bisschen Tanze dazu.

So ändern sich die Zeiten!

Wenn Franziska jetzt so viel allein ist, was dann? Nein, so viel singt sie nicht mehr, und ihre Stimme rostet ganz schön ein. Sie muss sich lange räuspern und krächzen, zum Vorsingen reicht es längst nicht mehr! Und wenn sie dann mal loslegt, meist im Garten, schaut sie sich erst mal um, ob auch keine Zuhörer in der Nähe sind.

So ändern sich die Zeiten!

IX. Graue Gedanken

Von Brandlöchern und Rotweinflecken

Eine große Familie hatte Franziska einst und einen großen Tisch natürlich um den sie saßen beim Essen, beim Spielen, bei ihren endlos langen Gesprächen bis weit über Mitternacht hinaus. Der große Tisch war nicht aus Plastik, nein aus massivem Holz und in der Mitte der Tischplatte hatte er einen großen Brandfleck, der auf ihre Kosten kam, vergessene Dekoration nach einer Fete. Beim letzten Umzug verschenkte sie den Tisch an ihre Lieblingsnichte. An seine Stelle trat dann ein kleines Tischlein für höchstens vier Personen. Aber auch auf dem liegen immer Tischdecken aus schneeweißem Leinen.

Und dies war jetzt ihre Beschäftigung; sie verkleinerte die großen Decken und nähte mit der Hand die Säume. Ihre Gedanken wanderten zurück: Was waren das nur für Flecken an den Rändern? Die konnten nur von ihren Söhnen sein, beide rauchten ja Zigaretten und ihr Vater Zigarren und bei den hitzigen Debatten ließen sie die Asche einfach fallen. „Ach, entschuldige viel tausend Mal" in ihre Richtung, „aus Versehen passiert!" Die schönen Damastdecken, die sie hegte und pflegte! Und die Rotweinflecken? Die stammten samt und sonders vom Großen. Er war das Schussel der Familie, ein Held im Umstoßen und Umwerfen! Franziska atmete tief durch. Wie glücklich wäre sie jetzt, wenn sie auch die kleinen Decken mit Asche und Rotwein verunzierten!

Aber diese Decken werden wohl so sauber bleiben, immer, immer, denn von ihren Männern setzt sich keiner mehr an einen Tisch. Sie sind nicht mehr von dieser Welt!

Alte Gesänge

Warum kam Franziska wohl zu Beginn des Herbstes ausgerechnet das alte Lied „Die Gedanken sind frei" in den Kopf? Ja, es war damals Herbst, als ihr dies passierte:

Sie war noch in der Schule, also vor vielen Jahren, und beinahe hätten sie diese Strophen noch um Stellung und Brot gebracht. Da wurde sie mal wieder zum Chef gerufen und bei ihm saß dieser Chef von der oberen Behörde, den sie zu fürchten hatte. Er sah sie strafend an, vor ihm auf dem Tisch lag ihre „Akte". Oh, was hatte sie sich diesmal wieder zu Schulden kommen lassen? Dieses Lied also von den freien Gedanken und dazu auch noch „Freiheit, die ich meine" hatte sie mit dem Schulchor eingeübt und auch bei einem Fest noch gesungen. Sie hatte das, und ein Lächeln lag wohl um ihren Mund, denn sie liebte ihren Chor mit vielen frischen Kinderstimmen. „Wir haben in unserem Land die Freiheit, wir brauchen das nicht noch laut zu singen!". Und entzog ihr für immer und ewig die Leitung des Schulchores.

Aber nein, nein und nein, in die jetzt frei zur Schau gestellten Akten wollte sie doch nicht Einsicht nehmen. Vorbei ist vorbei! …

Graue Zeiten

Manchmal ist es so, dass Ereignisse sich häufen: Bei Vollmond die Geburten, bei Glatteis die Knochenbrüche und dann und wann auch die Traurigkeiten. Franziska erlebte vor kurzem so etwas: Drei ihrer Freundinnen starben innerhalb einer Woche. Loni zuerst. Noch stand der Tannenbaum im Zimmer. Ihre Kinder besuchten sie am Morgen. Sie saß in ihrem Lehnstuhl, ein Lächeln im Gesicht, tot. Der Fernseher lief noch. Sie hatte es auf 92 Jahre gebracht. Nun wollten die Beine sie nicht mehr tragen und oft musste ihr im Krankenhaus geholfen werden. Den Tanznachmittagen blieb sie schon lange fern, und von daher kannte Franziska sie. Vom Tanzen kannte sie auch Urschel. Diese Urschel, die später ihre „Kochlöffelfreundin" wurde, wäre wohl in drei Wochen 90 geworden, schlief auch in einem Krankenhausbett für immer ein. Sie war eine lustige, einfallsreiche Person. Obwohl sie weder Auto noch Führerschein hatte und auf dem Land lebte, traf man sie oft im Städtchen. In ihrem Dorfe sorgte sie für fröhliches Beisammensein. Die werden trauern dort! Einmal lud Franziska sie zu sich ein. Sie kam, zwar später als verabredet mit strahlenden Augen mit der Entschuldigung, dass früh im Bett, ihr Herz nicht so recht wollte, da habe sie, wie sie es in einem Blatt las, den kleinen Finger gestreichelt und gestreichelt und es tat ihr so gut. Sie wäre nun da, und wir könnten loslegen mit einer lustigen Feierei! Das taten sie dann auch. Sie spielten Theater. Alle, die sich eingestellt hatten und die eine lange Reihe von Jahren auf dem Buckel hatten, frisch und frei aus dem Stehgreif nach einer vorgelesenen Geschichte.

So ging es oft zu, als Franziska noch in dem kleinen Städtchen wohnte. Und dies fehlt ihr hier manchmal, aber meistens nur im Winter, sonst in allen anderen Zeiten, nimmt sie ja ihr Garten ganz ein.

Zurück zur Gegenwart: Als dritte im Bunde starb vor einigen Wochen auch Ella. Sie wohnte bei ihren Kindern und wäre 92 geworden. Die Kinder meinten es zu gut mit ihr, sie nahmen ihr alle Arbeit ab, was sie kreuzunglücklich machte. Ihre Hände waren gewöhnt, tätig zu sein, zu nähen, zu stricken, zu putzen. Sie kleidete einst Franziska ein, jahrelang, sogar ihre Ballkleider mit Rüschen und Blüten um den Halsausschnitt, wie es damals so üblich war, kamen aus ihren Händen. Jetzt wollten ihre Augen nicht mehr so recht, beim langen Lesen versagten sie den Dienst, aber mit ihren Händen, da hätte sie noch gern etwas angefangen! Und die Kinder konnten es nicht sehen!

Wie froh war da Franziska, dass sie noch ihre Aufgaben bekam, dass keiner sie in ihren Tätigkeiten einschränkte. Sie lebte glücklich, in einer glücklichen

Familie! Aber schade, Loni, Ella und Urschel wird sie von nun an nur noch in ihren Erinnerungen begegnen. Wie so vielen!

Vom Kranksein so und so

Franziska lag im Bett, zwei Tage lang schon. Sie war krank, so krank, dass sie nicht mal lesen oder Musik hören wollte. Die Nase lief, der Husten quälte sie, ja, schüttelte sie so durcheinander, wie sie es nur selten erfahren musste. Die Kinder fanden ihre Wohnung leer vor, die junge Frau zog kopfschüttelnd die Gardinen auf, der Hund suchte sie, die Mädel sprachen leise, und alle verwöhnten sie mehr als sonst noch. Franziska war unglücklich und krächzte ein „Merci" für alles, für alle Rücksichtnahme und Liebe. Rheuma im Knie, Brennen in den Augen, schlechte Laune dann und wann, das kannte sie schon, aber so richtig krank, so platt wie ein Pfannkuchen, nein!

Es musste ein Virus sein, den vor ihr schon die Mädchenfrau und Zwirni durchmachten. Und jetzt war eben sie dran.

Na ja, sie nahm ihre bewährten Tropfen, trank ihren Tee vom Sommer und hatte den festen Willen, möglichst schnell aus der Horizontalen herauszukommen.

Sie schaffte es in vier Tagen, nur die Nase lief noch zwei Wochen lang.

Wie war das doch beim Kindsein in Schlesien? Da freute sie sich auf das Kranksein, denn das war die Zeit, in der sie das Kinderzimmer viele Stunden für sich allein hatte, die Mutter sich sehr um sie sorgte, Süppchen aus Taubenfleisch für sie kochte und der Vater ihr Veilchenpastillen mitbrachte. Die Gardinen wurden nicht aufgezogen, ein vages Licht herrschte im Raum, Stille ringsum, nur die Wellensittiche hörte man. Und wenn die drei Schwestern aus der Schule kamen, mussten sie im Wohnzimmer bleiben. „Franziska ist krank, sie braucht Ruhe." Wie ihr das wohl tat!

Nein, damals bekam nicht jedes Kind ein Zimmer, wieso auch? In jeder Ecke stand ein Bett, in der Mitte der Tisch, jeder wusste, welcher Stuhl ihm gehörte, unter dem Fenster ein langes Regal mit vier Fächern, für jedes Mädchen eins. Und wehe, wenn jemand seine Spielsachen falsch einräumte! Natürlich gab es da Streit untereinander, aber auch herrliche Versöhnungen die besiegelt wurden mit Glasmurmeln oder Poesiebildern.

Und damals schon waren Tees, Wickel und Verwöhntwerden die „Medizin" bei Krankheit. Ja, Franziska nickt mit dem Kopf, vieles verändert sich im Laufe des Lebens, aber das ist bis heute so geblieben: Tees, nasse Wickel und besondere Zuwendung! Davon könnten ihre Kinder auch ein Lied singen.

Außen vor

Franziska saß in ihrem Sessel und war tieftraurig. Dabei war niemand gestorben, ihre Schmerzen hielten sich in Grenzen, die Familie lebte in Frieden. Aus welchem Grunde liefen ihr die Tränen? Es musste wohl einen seelischen Grund haben, und der saß sicher sehr tief.

Am Tag vorher verbrachte sie Stunden bei Freunden der jungen Frau. Endlich einmal war sie einer freundlichen Einladung gefolgt. Es ging bei köstlicher Bewirtung fröhlich zu. So gut, so schön, aber in der Runde sprach man nur französisch oder englisch. Der Redestrom wogte hin und her, man amüsierte sich über die Maßen gut. Lachsalven erfüllten das festliche Zimmer. Franziska sperrte weit die Ohren auf, in ihrem Kopf wirbelte es von Vokabeln und Redewendungen, aber sie konnte der impulsiven Unterhaltung einfach nicht folgen, konnte sich mit keinem Satz daran beteiligen, sie war eben „außen vor". Pflichtschuldigst lachte sie mit, doch das befreite sie auch nicht aus ihrer Isolation. Aus tiefster Seele sehnte sie sich dorthin, wo man sich in ihrer Muttersprache verständigte.

So hatte sie sich das vor drei Jahren nicht vorstellen können! Und das trotz vieler Stunden Lernarbeit, trotz einer Menge Lehrbücher und technischer Hilfen.

Mitreden, leicht und locker, Erfahrungen mitteilen, spaßige Erlebnisse einfügen, wie viele Jahre lang gewöhnt - - - nein … !!

Das Alter schiebt leider einen Riegel vor.

Arme Franziska!!!

X. Erinnerungen

Franziska schwelgt jetzt noch lieber im Paradies der Erinnerungen, aus dem man bekanntlich nicht vertrieben werden kann:

Begegnung mit Bernhard in der alten Heimat

Im letzten Kriegsjahr musste Franziska ihre Heimat Schlesien verlassen. Zu Fuß übrigens. Sie lief von Agnetendorf im Riesengebirge bis an die Neiße, die damals eine Grenze bildete. Dort war Schluss, und sie kam mit anderen Flüchtlingen in „Gewahrsam". Das wäre ein Kapitel für sich!

Nach vierzig Jahren starteten ihre Schwester Rosa Socke deren Mann und sie eine Reise nach der alten Heimat um alle Plätze zu besuchen, auf denen Familienmitglieder einmal wohnten. Es ging kreuz und quer durch Schlesien. Nun waren sie am Ende ihrer Reise. „Ist noch etwas?" So fragte Winnie der übrigens kein Schlesier war, schon ein bisschen entnervt. Da rückte Franziska heraus mit ihrem letzten Wunsch: „Eigentlich wäre ich so gerne noch ----" Sie horchten auf, das stand nicht mehr auf dem Programm. Was wollte diese Franziska denn noch? Sie wollte noch in das kleine Dorf in dem sie mitten im Krieg einmal unterrichtete, nur wusste sie nicht wie dieses Dorf jetzt in Polen hieß. Auf der Karte und auf allen Schildern, nur noch polnische Namen! Der gutmütige Schwager wollte es probieren. Und sie hatten Glück, sie kamen bei dieser Probiererei in eine Gegend die ihr verflixt noch mal bekannt vorkam. Klar dieser Marktplatz, diese Kirche, dieser Bahnhof, das war die Kreisstadt! „Vom Bahnhof aus bin ich mit dem Fahrrad immer geradeaus gefahren." Ihr Herz schlug schneller. Jetzt müsste man die Spitze der Dorfkirche sehen. Es stimmte, sie waren auf der richtigen Straße. Die Kirche wuchs auf die normale Größe, und dann standen sie am Eingang des Dorfes. Der kleine Ort hatte im Verlauf des Krieges keinen Schaden gelitten. Blitzsauber standen die Häuser mit den üppig blühenden Vorgärten, wie einst. „Ja, und nun?" fragte der Schwager. Ja jetzt sollte sie wohl aussteigen und fragen, ob noch Deutsche hier wohnen. Sie stand auf der nachmittäglichen Straße, aus allen Fenstern über allen Zäunen schauten Gesichter, fremde, neugierige Gesichter. Sie stellte ihre Frage, einmal, zweimal, man schüttelte den Kopf, man verstand sie nicht. Keiner wusste, was sie hier wollten. Ihre Schwester im Wohnmobil erfasste ihre fatale Situation. Sie stieg auch aus. Aus der Zeit der polnischen Besatzung fielen ihr noch ein paar polnische Brocken ein und auf ihre Frage nach Deutschen, zeigten sie auf das Ende der Dorfstraße. Von dort her kam ein einzelner Mann. Franziska sah ihm gespannt entgegen. Es war ein alter Mann mit grauem Haar und geflickten Sachen, er machte einen ärmlichen Eindruck. „Guten Tag", sagte sie, und er erwiderte erstaunt und klar: "Ja, guten Tag!" Dann erst mal eine lange Pause, in der sie bei sich feststellte, dass er kaum noch Zähne im Munde hatte. Wer war das bloß? Sie kannte doch damals alle Bewohner, aber diesen Menschen konnte sie nirgends unterbringen. Es waren über vierzig Jahre vergangen, die brachten Veränderungen mit sich. Sie spürte es zur Genüge an sich selbst. Sie riss sich aus ihren Gedanken mit der Feststellung: „Ich kenne das Dorf, ich war während des Krieges Lehrerin hier." Eine Erkenntnis ging über sein müdes Gesicht (sie war ja die erste Frau an der Schule gewesen) „Dann sind sie Frau Franziska, ich ging bei ihnen in die Schule!" kam es wie aus der Pistole geschossen und er lächelte. „Wissen sie noch, wer ich bin?" Oh, eine schwere Frage. Wer sollte dieser alte Mann hier damals gewesen sein? Wer war er als Bub? Sie musste ihn enttäuschen. „Nein, ich kann mich leider nicht mehr erinnern, es ist doch schon so lange her." Er ließ nicht locker: „Ich saß doch vorn in der ersten Reihe. Meine Mutter putzte die Schule. Wir wohnten in der Schulgasse." Sie schüttelte den Kopf. „Bitte sagen Sie doch ihren Namen." „Ich bin der Bernhard Puff!" „Ach ja, stimmt!" sagte sie und tat, als käme alles wieder. Sie reichte ihm die Hand und schüttelte sie herzlich. Er lachte glücklich. „Darf ich mit einsteigen? Alle im Dorf sollen es sehen, alle, die mich sonst nur auslachen, den letzten dummen Deutschen!" So fuhren sie über die Dorfstraße durch das Spalier der staunenden für sie fremden Menschen. Er winkte ihnen zu, eine Triumphfahrt für Bernhard!

Der Pfarrer schloss die Kirche für Franziska auf, sie setzte sich auf ihren alten Platz, dankte für die Reise, für den Tag voller Sonne und für das Wiedersehen mit Bernhard, ihrem letzten Schüler in der alten Heimat.

Er wartete auf dem Kirchplatz auf sie, nahm sie dann einfach bei der Hand und führte sie zum Friedhof. Von einem Grab zum anderen gingen sie so, Hand in Hand, und er erzählte dabei: "Der Walter ist erschossen worden. Paul hat sich das Leben genommen, damals, ja damals! Da liegen meine Eltern. Der Vater kam todkrank aus dem Krieg zurück." Bei einem Grab, auf dem Kornblumen und Mohn blühten, zeigte er auf die Namen am schlichten Holzkreuz. „Agnes, Iwan, Mariechen" Franziska wusste, wer das war: Sie eine junge Bäuerin, er ein Kriegsgefangener aus Russland, der ihr auf dem Hofe bei der schweren Feldarbeit half. „Und Mariechen war ihr Kind. Sie hätten schon glücklich miteinander leben können, aber niemand von denen da" und er zeigte ins Dorf „gönnte ihnen eine ruhige Woche. Sie beschimpften sie und verjagten ihr Vieh. An einem Morgen gingen sie zusammen in den Tod. Schade, ich konnte sie gut leiden." Und weiter gingen sie von Grab zu Grab. Vor Franziskas Augen erstanden ihre ehemaligen Schüler, deren Eltern und Großeltern, Bernhard hielt sie fest an der Hand.

Der Sommertag neigte sich seinem Ende zu, rot glühte die Sonne, Bienen summten. Stumm verweilten sie noch eine Weile vor dem großen Kreuz am Kirchplatz. Ihre Gedanken waren weit weg im Damals. Welch kostbare Stunde im Spätsommer!

Ihre Großmütter Franziska und Katharina

Sie hatte das große Glück, neben ihren Eltern auch noch beide Großelternpaare zu besitzen: Großvater Valentin mit Großmutter Franziska von Mutters Seite, Großvater Georg und Großmutter Katharina, die Eltern ihres Vaters.

Sie unterschieden sich sehr voneinander. Schauen wir uns hier nur die Großmütter an also.

F r a n z i s k a trug in der Mitte gescheiteltes Haar und einen kleinen Dutt im Nacken, die Röcke bis über die Waden und meistens eine Strickjacke unter ihrer Schürze. Die Schürze fehlte nie, sie gehörte zu ihr so lange sie im Hause war. Da dieses Teil aber alles zudeckte, konnte die Enkeltochter Franziska nicht sagen, ob Oma eigentlich dick oder dünn war.

Empfing sie einen und öffnete die Wohnungstür, (die Wohnung lag im ersten Stock, Opas Büro im Parterre), kamen einem die Gerüche von Kräutern entgegen, von Baldrian, Kamille, Salbei und Thymian. Sie umwehten einen förmlich, denn diese Großmutter lebte von und mit ihren Kräutern und Tees. Die Teekannen standen am Herd, die Kräutersträuße hingen an den Wänden, an den Fenstern und baumelten von der Decke. Wenn Franziska die Augen schließt, wird alles wieder lebendig! Oma strahlte Ruhe und stille Freude aus. Sie ging sommers wie winters in flachen Halbschuhen. Bei ihr gab es immer Gemüse zu essen.

Sie wurde fast neunzig Jahre alt. Typisch für sie war ihr Ende: An einem Silvesterabend ging sie kurz vor Mitternacht zu ihren Kindern, bei denen sie wohnte, und die in froher Runde beisammen saßen, wünschte mit ihrem bescheidenen Lächeln allen ein gesundes neues Jahr und Gottes reichsten Segen, legte sich in ihr Bett - und schlief hinüber ins Jenseits. Über ihrem Kopf trockneten sicher Salbei und Baldrian.

Und nun kommt Franziskas andere Großmutter an die Reihe die

K a t h a r i n a.

Die war ganz anders geartet. Sie trug Schuhe mit halbhohen Absätzen, Röcke nur gerade bis übers Knie, Kostüme und bunte Blusen, einen Bubikopf, in dem sie mit einer „Ondulierschere" jeden Morgen so etwas wie Locken und Wellen hinein zauberten.

Kräuter hingen bei ihr weder am Fenster noch von der Decke, noch kochte sie Tees davon.

Nein, aber wenn Käthchen ihren mit Spitzen an den Fenstern verzierten Küchenschrank aufmachte, ach, welch vielerlei zauberhafte Düfte umgaukelten sie dann! Kaffee, echter Bohnenkaffee bitte, Vanille, Zimt, Muskat, Schokolade, Gebäck, chinesischer Tee!

Da stand die kleine Franziska davor und atmete ganz tief diese fremde Welt ein, von der sie so gar nichts wusste. Sie war so geheimnisvoll, so genussfreudig! Weckten sie damals schon Sehnsüchte in ihr? Und dazu kam dann noch vom Großvater der Duft von kubanischen Zigarren! Ach, und aus der Speisekammer roch es nach Schinken und geräucherten Würsten!

Sie tranken keinen Kräutertee, diese Großeltern, nein Wein setzten sie auf, mit roten Trauben aus Ungarn! Die Korbflasche stand in der Nähe des Herdes und gluckerte in einem Glasröhrchen vor sich hin. Und Bier gab es zum Abendbrot. Man konnte es damals noch vom Bierwagen holen. Nein, so vornehm ging es bei Franziskas Elternhaus nicht zu. Da saßen aber auch vier Kinder um den Tisch.

Der Großvater Georg war nun mal Lokomotivführer, kein Bürohengst, der fuhr die langen Züge bis nach Berlin!

Das sah die kleine Franziska, wenn sie mit der Großmutter seine Frühstückstasche an den Lokschuppen brachte. Er lenkte Züge bis Berlin, und manchmal, wenn Katharina ein paar Tage allein sein musste, sogar bis Moskau. Das lag sicher am Ende der Welt! Nur staunen konnte sie, wenn sie die Ferien bei diesen Großeltern verbringen durfte.

Sie war gerne dort. Und diese Oma erzählte viel, sang ihr schauerliche Lieder vor, das vom armen Mariechen

144

oder von dem Räuber, der sich im düsteren Wald verbergen musste. Am liebsten hörte sie aber die Geschichte von der Genovefa, wenn der Sturm im Schornstein heulte.

Aber diese interessante Großmutter Katharina musste so früh aus der schönen Welt scheiden, noch keine 65 Jahre war sie geworden. Doch den Duft von damals aus ihrem Küchenschrank, den konnte Franziska nie vergessen - - - bis heute nicht!

Zwei so grundverschiedene Ahnen! Wie wirkte sich das auf unsere Franziska aus? Halt - - - da kam ja noch ihre Mutter dazwischen die - - -

Pauline

In jenen Zeiten, als ihre Mutter noch eine junge stattliche moderne Frau war, richteten sich viele Zeitgenossen nach „K n e i p p" Schon bei Valentins Familie, bei der ja Pauline aufgewachsen war, hing sein Bild an der Küchenwand, und Oma Franziska sagte: „Ach der gute, gute Pfarrer Kneipp!" Dabei legte sie besonderen Wert auf das Wort „Pfarrer", denn die Geistlichkeit stand bei ihr hoch in Ehren.

Georg und Katharina hatten kein Bild von ihm hängen, weder in der Küche, noch im Flur, geschweige denn im Wohnzimmer. Und wenn man von ihm sprach, dann mit einem Lächeln als „von diesem Wunderdoktor" dort.

Pauline nun betonte das Wort Pfarrer nicht so stark wie ihre Vorfahrin, aber sie meinte es ernst, besorgte sich Bücher über seine Heilmethoden, lief barfuß am frühen Morgen durch die Wiese und nannte es „Tautreten".

Damals war Franziska in der Zeit, die man heute Pubertät nennt, fand es albern, wenn ihre Mutter jauchzend ihre Kreise drehte. Inzwischen wusste sie aber wenigstens, dass es kein Tau war, also kein Strick, den sie da unter ihre Füße nahm. Kurzum, ihre Mutter war Kneippianerin geworden, sogar im Verein organisiert.

Franziska beobachtete ihr Tun sehr kritisch, musste im Laufe der Zeit aber feststellen, dass die kneippschen Hals- und Wadenwickel nicht ohne heilsame Wirkung blieben.

Dann aber ging Mama einmal nach Wörishofen in Dirndl und Sandalen. Mit roten glänzenden Backen empfing sie den Besuch der Familie. Sie schien sich sichtlich wohl zu fühlen. Stolz zeigte sie ihrer Tochter in einem Glas fünf dicke vollgesogene Blutegel. Der wurde es bei dem Anblick kotz übel und sie schwor in diesem Augenblick Herrn Kneipp ewige Absage. So eine Sauerei mit ihr nicht!

Franziska

überstand die Pubertät, den schrecklichen Krieg, heiratete und bekam so nach und nach ihre vier Kinder. Die wuchsen heran, hatten ihre Wehwehchen, für die es so gut wie keine Medikamente gab, denn alle lebten schließlich noch in der Nachkriegszeit. Die Kinder fieberten, sie klagten über Hals- und Bauchschmerzen. Wie war das doch damals bei Muttern mit den Wickeln und Güssen? Pfarrer Kneipp lässt grüßen! Wasser her, Kräuter her, Tücher her! Sie wickelte ihren Nachwuchs in nasse Bettlaken, ließ ihn schwitzen, holte das Fieber mit Wadenwickel herunter, bereitete Tees aus den Kräutern, die sie im Sommer gesammelt hatte, und gegurgelt wurde grundsätzlich mit Salbei aus dem Garten. Ja, dabei blieb es auch fernerhin. Ihre Kinder kannten keine Antibiotika, kein Aspirin, keine Chemikalien. Aber Blutegel setzte sie ihnen nicht an!

Die Enkeltöchter

Und nun ist Franziska alt, lebt bei ihren Kindern, beim „Nesthäkchen". Aus dem Häkchen ist ein liebevoller Haken geworden. Womit kuriert die ihre beiden Töchter? Für Wickel hat die junge Frau immer Tücher bereit. Kräutersäckchen und Beutelchen mit Tee stehen in den Regalen, im Garten wachsen Salbei und Melisse. Und letzt hörte Franziska doch den Spruch, als eine klagte: "Schlaf dich erst mal aus. Gegen dein Fieber mache ich dir Wadenwickel!"

Da nickte, Franziska befriedigt: auch in der vierten Generation heilt man mit Schätzen der Natur. Und es scheint noch weiter zu wirken: da ist Zwirni. Die holt sich Rat bei der Großmutter und schreibt alles auf „für später, damit es nicht verloren geht!"

Es gibt eine Ausnahme in dieser Familie, die Mädchenfrau! Sie greift gern zu Arzneien mit Zetteln zu den Nebenwirkungen. „Es geht schneller weg!" So sagt sie dann!

XI. Eine tapfere Generation

„Diese Generation ist nicht totzukriegen!" sagte letzt ein junger Spund, als Franziska ihm die Lebensgeschichten ihrer Freunde erzählte, und weiter sein Kommentar dazu: "Sie sind zäh, ausdauernd, gerade, verlässlich und ehrlich. Wenn es sein muss, kommen sie mit wenig aus, aber wenn es die Stunde und das nötige Kleingeld erlaubt, können sie das Leben in vollen Zügen genießen." „Damit haben sie den Nagel auf den Kopf getroffen!" konnte Franziska ihm nur bestätigen.

Und nun sind diese viel Gelobten ins Alter gekommen. Wie werden sie, die immer ihren Mann standen, damit fertig? Franziska ist noch mit vielen in Verbindung. Sie hat mit ihnen darüber gesprochen, sie gefragt, ob sie einverstanden sind, dass sie davon erzählt: Ja, das waren sie, und sie freuten sich sogar sehr darauf.

Konrad und seine Rosel

Als Flüchtlinge aus Schlesien bewirtschafteten sie einen Altbauernhof im südlichen Schwarzwald, wo sie Kühe und Schweine aufzogen. Den haben sie vor einigen Jahren in die Hände des Sohnes übergeben, auch die untere Wohnung im Bauernhaus. Oma und Opa trifft man jetzt eine Treppe höher an. Alle Enkel, Katzen, Hunde und Besucher finden dort eine gastfreie Stelle. Rosels Reich ist die Küche, Konrad residiert mit vielen Büchern und Zeitschriften in „der Stube". Beide freuen sich über Besucher, und man kann stundenlang über viele Themen mit ihnen reden.

Und die Gesundheit? Das muss man bei allen Achtzigern schon fragen. „Wir sind zufrieden", sagen sie. Zufrieden! Zufrieden, obwohl beide Schwierigkeiten mit den Augen haben, jeder nur über die Sehkraft eines Auges verfügt, die Beine nicht mehr so recht wollen, und, und, und! Aber sie haben sich noch gegenseitig und empfinden das als ganz großes Glück. Es ist rührend zu sehen, wenn sie mal „woanders" sind und sich an den Händen halten und leiten.

Ruhe ist in ihr Leben eingekehrt. Sie brauchen sich nicht mehr um das Vieh zu kümmern, alle fünf Kinder sind im Umkreis verheiratet, haben das Wohl ihrer Eltern immer im Auge. Kein Familienfest läuft ohne sie. Und es gibt deren viele, denn bereits die

Enkelkinder sind Hochzeiter! Einige drücken noch die Schulbank. Die Großeltern sind gute Zuhörer ihrer Erlebnisse. Mit den fernen Freunden verbindet sie das Telefon.

Konrad sitzt nicht mehr hinterm Lenkrad, nicht beim Traktor und nicht mehr hinterm PKW. Die Kinder holen und bringen sie auch wieder, wenn sie auswärts etwas zu besorgen haben oder Klaus in der Kreisstadt besuchen wollen. Sie sind stolz auf ihre Kinder und fühlen sich wohl unter ihrer Obhut.

Franziska war immer gerne bei Rosel und Konrad so hoch oben über dem Tal. „Man kommt so voller Frieden zurück!" meint sie in der Erinnerung.

Ulrike

Sie lebt noch in der Wohnung, die für die Familie ein Zuhause war, allein jetzt. Sie bestellt auch noch allein den Schrebergarten, erledigt alles Notwendige mit dem Fahrrad, verwaltet das große Haus und plagt sich mit den Mietern ab. Und nur langsam, ganz langsam machen ihr die vielen Treppen zu schaffen. Mal sind es die Knie, diese verdammten Kniegelenke, oder die Gelenke überhaupt. Oft schon musste sie „unters Messer", alles kann sie auch nicht mehr vertragen, dieser Magen dann! Es sind sicher auch die Auswirkungen der jahrelangen Gefangenschaft in Russland, die Schufterei Untertage, als sie, kaum ausgewachsen, ein halbes Kind noch, nach Sibirien verschleppt wurde.

Über ihre Kinder, die gemeinsam im Sandkasten spielten, hatten sie sich vor über vierzig Jahren kennen gelernt. Es wurde für sie eine gute Freundschaft. Franziska plante gern den Urlaub mit ihr. Die neuen Länder im Osten erkundeten sie gemeinsam, wanderten, fuhren mit der Bahn, dem Bus, manchmal auch mit dem Schiff. Nur das Flugzeug ließen sie aus. Überhaupt: Ulrike ist ein prima Kumpel! Sie besucht Franziska auch in Belgien. Sie hat die Achtzig längst überschritten und findet nichts weiter dabei. Trost spendet sie ihren kranken Freunden, die ans Bett gefesselt sind und erleichtert ihnen so ihre Tage. Und sonst noch, was bringt ihr zur Zeit die größte Freude?

Auf meine Frage diese Antwort: „Ich reise und reise und reise, solange ich es kann und Quark meine Knie noch heilt!"

Kommt sie dann von ihren Reisen nach Hause, begrüßen sie ihre mindestens fünfhundert Eulen, gehäkelt, geflochten, gemalt und geschnitzt, die sie im Laufe der Jahre gesammelt und als liebevolles Geschenk von ihren zahlreichen Gästen bekommen hat.

Annerose

Sie ist die Tapferste von allen ihren Freundinnen. Aus der Vergangenheit liegen noch Belastungen der Knochen, der Gelenke, einem schwachen Kreuz und Rheuma vor. Sie trotzt allen Anfechtungen. „Unterbringen" wollte man sie schon ein paar Mal, nach einem Aufenthalt im Krankenhaus. So schnell wie möglich verließ sie diesen Ort und igelte sich in ihrer Wohnung bei ihren zwei Vögeln ein. „Solange ich frei sein kann, kann ich auch leben!" Das ist ihre Devise. Wenn alle schon an ihrem Zustand zweifelten, sie schaffte es mit ihrem ungeheuren Lebenswillen noch immer. Und es wird zwar alles etwas langsamer in ihrem Leben: Das Ankleiden, das Zubereiten der Mahlzeiten, das Gehen überhaupt. Aber sie tut es allein! Am Abend freut sie sich über einen gelungenen Tag. Bis vor kurzem fuhr sie auch noch mit ihrem Auto zum Einkaufen, zum Arzt. Sogar zum Schwimmen, weil es ihr so gut tat. Nach reiflicher Überlegung gab sie das Autofahren auf. Das beschneidet ihre Lebensqualität sicher sehr, aber die Verantwortung gegenüber den Mitmenschen gab den Ausschlag. Franziska, die ihr so viele wunderschöne Fahrten verdankt, kann das nicht hoch genug an ihr schätzen. Und noch einen Verzicht musste Annerose vornehmen: Die Pflege ihres Blumengartens. Der muss nun in seiner Wildheit wachsen. Auch daran wird sie Freude finden, so wie sie nun mal ist. Nur Neupflanzungen kann sie nicht mehr vornehmen, denn bücken, das geht auch nicht mehr. Aber sie weiß ihre Tage noch zu nutzen, nur die Einteilung ist anders! Im letzten August sagte sie am Telefon: „Ich fange jetzt schon an mit Weihnachtsgeschenken, weil doch alles so langsam bei mir geht." Anderen Freude zu machen, das steht noch hoch im Kurs bei ihr. Das handbemalte Tellerchen hat einen Ehrenplatz bei Franziska bekommen!

Erika

Sie dankt Gott auf Knien, dass die Technik in der Medizin so weit fortgeschritten ist. Seit fast fünfzehn Jahren hält sie der Herzschrittmacher am Leben. Und sie lebt es auf ihre Art. Viele Wege Tag für Tag an frischer Luft. Sie liebt die Natur, den Duft der wilden Blumen, Bäume und Kräuter, horcht auf den Gesang der Vögel. Gottlob darf sie auf dem Lande wohnen.

Früher betrachtete sie auch alle die Herrlichkeiten. Ja, das war früher! Erst verlor sie am linken Auge die Sehkraft, jetzt zog das rechte Auge nach mit 90 Prozent. Und sie verzweifelt nicht, hofft, dass eine Operation ihr etwas mehr Licht bringen wird! Gott gebe es!

Wie gesagt, Erika gibt nicht auf!! Sie besuchte Franziska in Belgien. Die jungen Menschen sind voller Achtung für diesen Mut. Es wurde ein glückliches Wiedersehen. Diese Woche verlief ohne Schwierigkeiten, obwohl Erika gestand, sie sähe alles braungräulich verschleiert und schief. Wie muss das sein? Wie kann man dabei, wie sie, noch lachen? Franziska stand vor einem Rätsel, Gibt der starke Glaube und das unerschütterliche Vertrauen an Gott ihr so viel Kraft??

Zuhause, da ist noch Otto, ihr robuster Mann, der packt jetzt zu, er fährt auch noch sein Auto, im Umkreis wenigstens, und er liebt seine Erika. Das alles zusammen und die große Familie in Thüringen und Hessen schaffen ihr ein beständiges, liebevolles Fundament.

Das Dorf, die Nachbarn und die Schar der kleinen und großen Kinder sind ihr zugetan, denn sie begegnet allen mit Fröhlichkeit. Erika wurde im vorigen Jahr achtzig. Man sieht es ihr nicht an.

Ja, diese Generation!

Ulla

Sie war auch eine Freundin von Franziska, allerdings damals im und nach dem Krieg. Als alles zusammenbrach, kamen auf sie schwere Zeiten zu. Sie wohnte in der Hauptstadt und musste als Trümmerfrau arbeiten. Ulla schuftete, schleppte Steine, arbeitete mit Hacke und Spaten, schob vollgeladene Schubkarren. Das Elend, die totale Zerstörung, die völlig ungewohnte Knochenarbeit, diese seelische und körperliche Überbelastung konnte sie nicht durchhalten, sie führten zu ihrem Zusammenbruch. Sie konnte sich nie mehr davon erholen. Franziska besuchte ihre Freundin später in einem Pflegeheim, schob ihren Rollstuhl, streichelte ihre Hände, brachte ihr Bücher. Nein, sie konnte nicht mehr lesen, die Augen versagten ihren Dienst. Auch zu einem Gespräch wollte und wollte es nicht mehr kommen. Wo waren die Zeiten ihrer lebendigen, interessanten Freundschaft geblieben? Was hatte dieser einst so voller Ideen, redegewandte Mensch nur alles erleben müssen? Was hatte Ulla denn noch vom Leben? Was war ihr geblieben? Sie konnte nicht mehr laufen, kaum noch etwas sehen, mochte nicht mehr reden. Sie beklagte sich nicht, sie bekam keine Wut, sie ließ sich jeden Morgen helfen, einen neuen Tag zu beginnen.

Am Abend des so traurig verlaufenen Besuches sangen die Krankenschwestern auf dem Gang ein mehrstimmiges Abendlied. Ullas Gesicht hellte sich auf, fing an zu strahlen. Sie nahm Franziskas Hände in die ihren und rief: „Wie schön ich kann doch noch h ö r e n!" Erschüttert nahm sie diesen Satz auf - ich kann noch hören! Ulla war noch jung damals. So viel Leben hätte sie noch vor sich gehabt. Doch es war das Leben einer Trümmerfrau, und es tröpfelte langsam aus.

Hilde

Diese Hilde! Sie hatte die magischen Achtzig schon hinter sich gebracht. Zwischendrin musste sie noch einige Male ins Krankenhaus. Das Herz stotterte, der Kreislauf tat es nicht mehr so im Kreis, sie fiel unvorbereitet um. Aber sie war am Dienstag immer wieder „Herrin des Tanzkreises" und Franziska fand das gut, denn sie tanzte gern. Tanzen machte Spaß, es war ja auch freiwillig. Da aber nur alte Damen tanzten, wurde die Gruppe im Laufe der Jahre immer kleiner. Eine konnte sich nicht mehr drehen, einer fehlte die Luft beim Walzer, einige starben zwischendrin und ein paar zogen fort, so wie z.B. Franziska. Schade eigentlich, denn die beiden sendeten auf einer Welle: Sie tanzten mit Hingabe, spielten gemeinsam Theater, fanden bei ihren Spaziergängen immer Gesprächs-themen, und kamen auch beide aus Schlesien.

Doch schon in der Endzeit des Tanzens trat Hilde dem „Kabarett für Junge und Alte" bei. Sie lernte eifrig ihre Texte, trat mit auf, stolperte am Anfang vor Aufregung schon mal über ein Hindernis, schlug sich dabei ein wundes Knie, nichts hielt sie ab, sie blieb bei der Stange. Noch bis heute fährt sie mit dem Team, wenn sie zu „Gastspielen" starten, lacht und albert mit den jungen Kabarettisten, lässt sich feiern mit ihnen und schaut in der Zeitung neugierig nach den letzten Lobeshymnen.

Ja, Hilde hat einen neuen Mittelpunkt gefunden für eine bessere Funktion des Leibes und der Seele. Übrigens, ihrem stotternden Herzen hilft jetzt ein Herzschrittmacher vom letzten Jahr.

Franziska hätte sie gerne nach Belgien eingeladen. „Keine Zeit, keine Zeit, immer neue Termine!" Jetzt im Sommer? Dachte sie. Ach so fiel ihr ein, sie spielt nebenbei auch noch bei einer Laiengruppe, die alte Menschen in Heimen beglückt. Lieber Gott, lass sie so neunzig werden! Vielleicht kommt sie dann doch mal!

Horst und Hildegard

Sie sollen nicht vergessen sein, nein niemals, denn ihnen verdankt Franziska viele schöne Stunden. Sie kamen vor einigen Jahren aus dem flachen Land in die Berge, bezogen ziemlich oben ein Haus. Sie sind noch heute dort. Sicher werden sie dort bleiben, denn ihnen gefällt das Dorf und sie gefallen dem Bürgermeister und den Einwohnern!

Eigentlich waren sie gekommen um sich auszuruhen, aber das hielten sie nicht lange aus. Und zum Ausruhen blieb, weiß Gott, sicherlich für später noch Zeit genug.

Sie waren, und sie werden das in allen ihnen noch verbleibenden Jahren sein: Schlesier! So heimattreu noch heute, dass sie in Mundart miteinander umgehen, schläsisch, äben!

Sie erkundigten sich bald, ob Schlesier in der Gegend wären und ob sie sich regelmäßig treffen würden. Nein, dieses Thema wurde noch nie angesprochen. Aber Schlesier waren nach der Vertreibung doch überall zu finden! Die Kunzens fingen an zu forschen, und über kurz oder lang, hatten sie eine Gruppe zusammen. Eine Schlesiergruppe traf sich, vertrug sich, freute sich miteinander - und blieb beisammen. Blieb über viele Jahre, bis heute unter den Fittichen von Hildegard und Horst, den Kunzens!

Sie ist für das Gemüt, er für den Kopf da. Was haben die Schlesier nicht alles dazu gelernt! Wie viele Feste feiern sie zusammen, bei wie vielen Tortenstücken schwärmen sie vom „schläsischen Sträßelkucha!" Sie singen Sommerlieder vom Summersonntich, erinnern an alte Bräuche der unvergessenen Heimat, und sie warten gespannt auf die Berichte, wenn wieder einmal einer „drüben" war. Sogar Ausstellungen über Schlesien veranstalteten die Kunzens schon in ihrem Dorf.

Längst sind Horst und Hildegard in die Achtziger gekommen. Die alte Heimat bleibt der Inhalt ihres Lebens. Immer noch sind sie auf der Suche nach neuen Themen, alten Gedichten, interessanten Zeitungsartikeln. Kein Gedenk- und kein Geburtstag der vielen schlesischen „großen Männern und Frauen der Geschichte" wird vergessen.

Nebenbei sammelten und sammeln sie noch Porzellan aus schlesischen Manufakturen. Gut und gemütlich sitzt man oben bei ihnen in der Tippelstube.

Gottlob ist Horst noch autotüchtig. Ins Tal kommen sie immer. Nicht nur zu den Treffen, sondern auch zu den Ärzten. Krankheiten sparen auch sie nicht aus!

Aber ihr Leben lohnt sich noch heute und morgen und hoffentlich noch lange. Sie wissen es, und viele andere wissen es auch!

Franziska hat noch viele Freunde. Nicht alle sind im Alter so tätig, vielleicht auch nicht so munter und betriebsam. Sie leben noch, einige sogar allein, aber eben anders.

Renie

Franziska machte Ferien in einem ihr von früher her bekannten Ort. Sie besuchte Freunde von einst. So auch Renie. Als ihre Männer noch lebten, waren sie im Gebirge bei ihnen gern auf Pilzsuche. Was machte Renie jetzt so allein in ihrem großen Haus?

Auf das Klingelzeichen rührte sich nichts, auch vom Klopfen nicht. Franziska drückte auf die Klinke, die Tür öffnete sich. Sie trat in den Flur. Keine Menschenseele weit und breit, nur eine Katze schlich über den Holzfußboden und leckte an Papieren, die dort verstreut lagen. Ein Schritt noch vom Flur in die Küche. O, auf dem Tisch , kaum ein freier Platz. Ein Durcheinander von Kosmetika, Postsachen, gebrauchtem Geschirr, nur immer noch Niemand.

Franziska kam sich wie ein Eindringling vor. Wohnte Renie noch hier, die blitzsaubere Renie? Da schlürfte etwas die Treppe herunter und trat in die Küche. Sollte das - nein, das war nicht möglich! Trotzdem rief sie: "Hallo, Renie, ich bin es, Franziska! Bei uns waren wir Pfifferlinge suchen. Erinnerst du dich?"

Die Frau am Rande der Küche lächelte breit. Sie hatte fuchsrote ungekämmte Haare, knallrote Lippen, trug eine rosa Spitzenbluse und kurze hellgrüne Hosen.

„Ha, möchten Sie einen Kaffe!" Sie erkannte ihre alte Freundin nicht mehr, lachte laut und schrill, schob mit einer Hand am Tisch alles zusammen, rief die Katze - und vergaß den Besuch. „Ich bin glücklich, ganz, ganz glücklich!"

Franziska lief es kalt über den Rücken. Renie, die akkurate disziplinierte Renie? Aber sie schien, wie sie sagte, so mit ihrem Äußeren und der Unordnung glücklich zu sein. War das vielleicht eine noch andere Art im Alter zu leben? Wie gelähmt schaute sie zu ihr hin. Sie drehte sich um und rief im Hinausgehen: „Laß es dir gut gehen. Tschüß!"

Sie schloss leise die Tür von außen. Die Frau mit den roten Haaren öffnete die Tür wieder und winkte. „Ja, ich bin so glücklich --- und meine Katze auch!"

Ade, Renie, ade! Wie schön war es damals mit dir in den Pilzen. Ob sie da auch so glücklich war?

Franziska brauchte viel Zeit für den Rückweg zu ihrem Quartier. - - -

Altern hat so viele Seiten!

Und da fällt ihr auch noch

Gertraude

ein. Sie war die erste in ihrem Kreis, die schon die Neunzig erreichte. Schlank, rank, mit munteren Augen und viel Humor. Franziska bewunderte immer ihren Tangoschritt, ihre eleganten Bewegungen dabei. Wie aus einer anderen Zeit kam sie ihr vor. So wie Gertraude wäre sie gerne gewesen! Aber die Disziplin, mit der die ihr Leben anging, brachte sie nicht auf. Diese Einteilung der Tageszeit, den Stundenrhythmus ihrer Übungen, diese genau ausgewogenen Mahlzeiten! Sie wohnt in einer großen Wohnung in einem Hochhaus mit Lift.

„Wie schaffst du das einen ganzen Tag lang so allein?" fragte Franziska sie. „Jede Stunde marschiere ich in meiner Wohnung auf und ab, damit meine Beine gelenkig bleiben. Bevor ich mir meine Mahlzeit koche, wiege ich alle Zutaten dazu ab. Ich habe einen Speiseplan für jede Woche, viel Gemüse, wenig Fleisch und alle Tage Obst, und ich trinke viel. Den Mittagsschlaf halte ich ein. Besorgungen erledige ich am Nachmittag. Seit einiger Zeit gehe ich sehr langsam und nie mehr ohne Stock, eine Vorsichtsmaßnahme! Mit allem Lebensnotwendigen, schweren Sachen, werde ich von auswärts versorgt. Jeden Tag finden meine Spielstunden statt. Ich löse Rätsel, denke, ich wäre zwei Personen für das Scrabble und lese. Dazwischen aber jede Stunde die Märsche durch meine Wohnung. Ich bin gern allein, so wird mein Stundenplan nicht gestört. Besuche? Zu den Festen kommt meine Tochter, dann und wann erscheint auch meine Enkelin."

Über ein kurzes Telefongespräch freut sie sich schon. Franziska bewundert Gertraude. Aber tauschen möchte sie nicht mit ihr.

Und da wäre auch noch

Lisa

Zwischen Lisa und Franziska ist es still geworden, sehr still!

Keine Anrufe mehr, keine Besuche, keine Briefe. Sie ist so gut wie verschwunden aus ihrem Leben, das doch eine Reihe von Jahren so heiter und ausgefüllt war mit Gesprächen, Spaziergängen, kleinen Feiern, mit Liedern und Fröhlichkeit. Es war eine späte Freundschaft. Sie lebt jetzt auch noch in einer von ihr geliebten Stadt, aber umgeben von einem Zaun, zu ihrem Schutz, zu ihres L e b e n s Schutz. Er trennt sie von der alten Welt. An diesem Leben aber hat Franziska keinen Anteil mehr. Das kam so schnell, viel zu schnell, und es tut ihr sehr leid.

Von ihrer Person her war Lisa leicht und elegant, schön anzuschauen und ein guter Gesprächspartner. Nur mit dem Annehmen des Alters tat sie sich schwer. Sie sah zu groß die Unannehmlichkeiten, die wenig schönen Veränderungen. Den Weg zu den Freiheiten und Chancen fand sie nicht. Eigentlich war sie im Garten Eden der Senioren gelandet, auf eigenem Wunsch sogar, aber unter der großen Zahl der Insassen war sie nur eine von vielen geworden. Das ließ sie vereinsamen, so glaubt es jedenfalls Franziska. Jetzt sind es weniger Menschen, mit denen sie den Alltag teilt. Es scheint ihr besser zu gehen, so wie man hört. Von einer schweren Krankheit hat sie sich auch erholt. Im allerletzten Gespräch vor Jahr und Tag am Telefon sagte sie zu ihrer Freundin: "Auch wenn man einen kranken Partner versorgen müsste, einige tun das ja hier, wäre es besser als so allein!"

Sie war also einsam! Aber ihr Heiner ist ja schon lange nicht mehr.

Wie gerne würde Franziska zu ihr hinlaufen, sie an der Hand nehmen und mit ihr einen Spaziergang machen Beeren pflücken, auf einer Bank ins Tal schauen! So wie einst. Aber sie sind getrennt: Die eine in Belgien, die andere weit weg. Wo? Wer kann es sagen?

Zum Schluß, zum Ende

Sehr weit in die Vergangenheit war Franziska eingetaucht. Sie erwacht und schaut aus dem Fenster. Da lag ihr Garten vor ihr, fast bereit zu neuer Saat. Über Nacht wurde alles grün, Mit weißen Schleiern grüßen die blühenden Obstbäume. Ja, schön ist ihr neues Zuhause - - - noch immer, schon im fünften Jahr!

XII. Die vielen kleinen Freuden

Sie sollen den Schluss bilden, eine Ranke um Franziskas Geschichten. Immer waren sie an der Tagesordnung in ihrer neuen Familie. Diese „Mitbringsel" aus der Stadt, dieses „Sicherinnern", weil man es doch einmal erwähnte. Das Aufleuchten dann der Augen bei den Beschenkten, so wie etwa bei der einhörnigen Kuh von Zwirni. Mal eine deutsche Zeitung, mal ein Buch, das Franziska schon immer noch mal lesen wollte, von der Mädchenfrau mitgebracht. Die vielen Blumensträuße zu allen Jahreszeiten aus den Händen der Tochter für ihre Mutter. Jeder Jahrestag wurde erwähnt. So voller Freuden waren von Anfang an ihre Wochen hier bei den Kindern, und --- sie hielten an, wie auch die Jahre weiter gingen.

Und sie, diese so verwöhnte Franziska, die sich von der turbulenten Außenwelt fast ganz verschloss? Was konnte sie denn ihren geliebten Kindern für Freuden schenken?

Mit ihrem Garten konnte sie ihre Mienen erhellen: Mit den ersten Radieschen, den sonnenwarmen Tomaten und Gurken, dem duftenden Apfelmus, den bunten Bauernsträußen in ihren Vasen auf Vitrinen und Tischen. Oder auch bei Gelegenheiten, die begannen: „Erzähl doch einmal, wie es damals war, nach dem Kriege, bei eurer Hochzeit, oder als du noch ein Kind warst, und es noch kein Handy und kein Fernsehen gab!" Wie Märchen aus einer fernen, fernen Zeit kommt es ihnen vor, und sie schütteln ungläubig ihre Köpfe.

Aber für ihre Tochter gab es an jedem Tag noch die „Liebeshäppchen" Keine Erfindung von ihr, sondern eine Nachahmung, die sie bei Freunden erlebte: Von ihren Frühstücksbroten schneidet sie drei oder vier Stückchen ab, schiebt sie auf die Mitte des Tellers oder des Brettchens und breitet eine bunte Papierserviette darüber. Kommt die junge Frau aus dem Dienst, müde von des Tages Arbeit, steuert sie diese Liebeshäppchen dankbar an. Da sie wirklich sehr appetitlich mit Tomaten oder Bananen hergerichtet sind, ist es für sie ein Genuss! Franziskas Freude ist dann ebenso groß wie ihre.

Den größten Liebeshappen hat aber Franziska bekommen, als sie sich entschloss, zu ihren Kindern zu ziehen.